D0895907

Les yeux de Rose Andersen

Xavier-Laurent Petit

Les yeux de
Rose Andersen

Médium

l'école des loisirs

11, rue de Sèvres, Paris 6^e

*À Matthis
et Aurélien*

·⁓ 1 ⁓·

Quand on était gamins, Grand-pa nous emmenait parfois sur la *mesa**, au-dessus de Santa Arena. On y montait après le travail, au moment où la chaleur devenait presque supportable. Il se calait quelques bouteilles de bière au fond des poches et prenait son bâton pour casser le cou des crotales qui se mettaient en chasse à la fin du jour.

Lui, il marchait pieds nus, comme il l'avait toujours fait, mais Guillermo et moi, on le suivait avec les chaussures que M'man récupérait en ville, les jours de marché. Ces matins-là, on l'entendait se lever bien avant l'aube. Elle descendait fouiller les poubelles des beaux quartiers avant le passage des camions et s'installait ensuite sur la place pour vendre les quelques légumes que le père s'échinait à cultiver. Toutes les femmes de paysans faisaient la même chose, la concurrence était rude et, plus d'une fois, elle nous est revenue avec des traces de coups. Quant aux chaussures, elles n'étaient

* Plateau.

jamais à la bonne taille. Parfois trop petites, d'autres fois trop grandes, c'était selon, mais M'man ne voulait rien entendre et nous obligeait à les porter.

— Y a que les pauvres qu'ont pas de chaussures. Et je veux que personne puisse dire que vous êtes des gosses de pauvres!

C'est pour ça aussi qu'elle nous envoyait à l'école de la mission alors que la plupart des gamins de notre âge aidaient leurs parents aux champs.

Quand on partait avec Grand-pa, elle nous surveillait de loin pour s'assurer qu'on gardait bien les chaussures aux pieds, mais à peine hors de vue, on les suspendait à notre cou. Ça allait mieux comme ça. On grimpait dans la caillasse, étourdis par la chaleur qui s'élevait des roches. De temps à autre, le bâton du vieux s'abattait sur le sol et, avec mon frère, on se précipitait, le temps de voir le crotale se tortiller comme un beignet qu'on plonge dans la friture. Si c'était un gros, Grand-pa se contentait de l'achever, mais quand c'était un petit, il s'agenouillait, sortait son couteau et lui tranchait la tête.

— On se le fera griller là-haut, grommelait-il en enfournant le serpent tout sanguinolent dans une des innombrables poches de sa veste. Il n'y a rien de meilleur.

Grand-pa, c'était le roi des poches. Il en avait pour tout : les bouts de ficelle, les graines, son briquet, son couteau, ses bières, son tabac... Le tissu tout élimé de sa veste disparaissait sous l'épaisseur de celles qu'il cousait lui-même avec la toile des sacs à haricots. Elles étaient en permanence gonflées de tout un tas de trucs sauf celle qu'il réservait à l'argent. Celle-là, je l'ai toujours connue plate comme une feuille de papier à cigarette. En quatre-vingts ans de vie, Grand-pa n'a jamais trouvé de quoi la faire grossir.

On arrivait sur la crête au moment où la nuit s'installait. Le vieux se roulait alors une cigarette, il s'asseyait sur un rocher — toujours le même — et regardait droit devant lui, face au nord. De l'autre côté de la frontière.

Avec Guillermo, on se mettait à ses pieds et on attendait que le spectacle commence. Les chauves-souris nous frôlaient, le ciel virait au noir profond et très loin, bien au-delà du désert, les villes des *ranjeros** s'illuminaient. Elles resplendissaient comme d'immenses corbeilles de diamants. L'horizon ruisselait de lumières, bien plus que la lune et toutes les étoiles réunies et, le long des autoroutes, les phares des voitures clignotaient en d'intermi-

* Abréviation de *extranjeros* : les étrangers.

11

nables colliers de pierres précieuses. La nuit palpitait de couleurs... Belle comme un rêve.

— Regarde, Adriana, disait Grand-pa en soufflant la fumée de sa cigarette, c'est le cœur de la richesse qui bat là-bas, au pays des ranjeros. Les toits de leurs maisons sont en or et leurs rues sont pavées d'argent... On raconte que, chez eux, les hommes gagnent en un jour ce que personne ne gagne ici en une vie... Et leurs femmes se baignent dans des rivières de parfums.

Le bout de sa cigarette brillait dans l'obscurité.

— C'est à peine si on peut imaginer tout ça, nous autres !

— Tu y es déjà allé ?

— Ouaip... Une fois.

— Alors t'as vu les toits en or ?

— Non. Je ne suis pas allé assez loin. J'avais à peine passé la frontière que leurs policiers m'ont pris et m'ont ramené ici.

— T'avais pas le droit d'y aller ?

— Ouaip... Pas le droit... Et puis j'ai pas une tête de riche.

— C'est quoi, une tête de riche ?

— Une fois, à Tijuales, j'ai vu une femme rousse comme de l'or, une ranjera, avec une peau si blanche et si fine qu'on aurait dit la Sainte

Vierge en personne. Tout le monde se taisait à son passage, les hommes comme les femmes. Ses yeux étaient verts… Verts comme des dollars!

– Comme des dollars, répétait Guillermo, les pupilles écarquillées.

Moi, je ne disais pas un mot. J'essayais juste d'imaginer la femme aux yeux verts. Avec des yeux pareils, il devait suffire de regarder le monde pour le transformer en or.

Grand-pa débouchait sa première bouteille de bière, en buvait deux ou trois lampées et allumait un feu de bois mort. Il enfilait ensuite les crotales sur des tiges d'acacia et les mettait à griller sur les braises. Il nous laissait toujours boire quelques gorgées et, la tête un peu partie, on grignotait des rondelles de serpent brûlantes, les yeux fixés sur les lumières des villes. De l'autre côté de la frontière. Inaccessibles comme le paradis.

Quand on redescendait, M'man s'assurait qu'on avait toujours les chaussures aux pieds avant qu'on file se coucher. Derrière le rideau, le père ronflait si fort qu'on pouffait de rire, M'man se retournait en soupirant et le vent du désert sifflait entre les planches. Guillermo s'endormait toujours le premier pendant que moi, je gardais les yeux grands ouverts en rêvant de la femme aux yeux verts. Jamais les villes des ranjeros n'étaient aussi lumineuses qu'en rêve.

Je savais qu'un jour, moi aussi, j'aurais les yeux verts…

· 2 ·

Grand-pa est mort quelques années plus tard, juste avant la naissance de Belzunce. Ça faisait déjà un bout de temps qu'on ne montait plus avec lui sur la crête de la mesa pour y faire griller des crotales et voir les villes lumières des ranjeros. Ça faisait un bout de temps aussi qu'avec Guillermo on avait compris ce qu'était qu'une tête de riche : la même que la nôtre, mais en plus clair, sans ces cheveux plats et noirs qui faisaient de nous des pauvres à vie, même avec les chaussures que M'man récupérait.

On a tenu encore deux ans à Santa Arena.

Et puis un matin, le père a fermé la porte de chez nous comme il faisait une fois par an, quand toute la famille allait faire ses Pâques et que la maison restait vide. Comme d'habitude, il a flanqué un coup de pied dans les planches parce que ça bloquait un peu. Toute la baraque a vibré jusqu'aux chevrons. Et puis il a donné un tour de clé avant de la jeter au loin, dans la poussière.

On ne reviendrait plus jamais. C'est ce qu'il disait. La sécheresse avait tout brûlé et la vie était devenue trop dure.

Je me suis précipitée pour ramasser la clé et la fourrer au fond de ma poche. Le père s'est contenté de hausser les épaules et on est restés un moment sans rien dire. Sans oser bouger. À peine respirer. Les insectes crissaient à n'en pas finir et la chaleur soulevait de minuscules tornades de sable qui parcouraient les champs à toute allure avant de s'évanouir dans le ciel chauffé à blanc.

Guillermo faisait le fanfaron comme si tout cela ne le regardait pas. Belzunce jouait à même le sol avec un de ces gros lézards gris qui nous avaient envahis depuis quelque temps et moi, je pleurais. M'man aussi. Discrètement, comme si elle avait honte de ses larmes. Notre maison n'était rien qu'une baraque de planches et pourtant, il avait fallu la vendre. La banque n'en avait même pas offert le prix du bois. Les champs de haricots du père n'étaient plus qu'une étendue de poussière et l'eau du puits sentait le moisi. Personne ne viendrait plus jamais habiter ici.

Le père a posé en travers de l'âne tout ce qui nous restait: cinq couvertures et quelques affaires de cuisine qui bringuebalaient dans un sac. Il a installé Belzunce par-dessus, et on est partis.

— Ma sœur pourra nous accueillir quelques jours, a-t-il assuré, le temps que je trouve du travail.

Personne n'a répondu. Sa sœur... Ça faisait si longtemps que personne n'avait vu tante Marta que même lui ne l'aurait pas reconnue. Tout ce qu'on savait d'elle, c'était une adresse chiffonnée et presque illisible que j'avais eu un mal fou à déchiffrer : «Quartier Calamocarro — Tijuales».

M'man a soigneusement plié le papier en le glissant avec nos derniers sous dans un petit sac qu'elle·portait en bandoulière.

— Marta Guelpa, quartier Calamocarro, Tijuales, a fait le père à mi-voix, ça ne devrait pas être difficile à trouver.

On n'était pas les premiers à quitter Santa Arena et l'unique rue qui traversait le village était presque déserte. Le sable envahissait le seuil des portes et le vent chassait les boîtes de Coca d'un bout à l'autre du village. Les vieux et les chiens nous ont regardés passer. Sans bouger. À se dessécher au soleil. Aussi maigres les uns que les autres.

On a marché trois jours avant d'arriver à Tijuales. La nuit tombait, la route était bondée de voitures et de camions qui nous piégeaient dans leurs phares. Ils passaient en nous frôlant, klaxon bloqué, et Belzunce hurlait de terreur. J'étais en tête quand soudain, en haut d'une côte, j'ai aperçu la ville. D'un coup, ma gorge est devenue toute sèche.

— Merde alors! a murmuré le père en s'arrêtant derrière moi.

On n'avait jamais rien vu de si grand! Ni lui, ni M'man, et nous encore moins. D'un bout à l'autre de la vallée, ce n'était qu'un fourmillement de lumières minuscules. Des lumières de pauvres, orangées, blafardes, ternes et tristes, sans aucun rapport avec celles que Grand-pa nous emmenait voir du haut de la mesa. Jusqu'au ciel, l'horizon grouillait de poussière, de cris, de bruits et de pétarades de moteurs. L'air était irrespirable, tellement âcre qu'il nous ramonait la gorge et qu'on s'est tous mis à tousser. On a marché jusqu'aux premières cabanes en piétinant les ordures entassées sur le bas-côté. Tijuales puait comme un rat pourri.

Une femme est arrivée vers nous, un bidon d'eau en équilibre sur le crâne. Le père a ôté son chapeau de paysan. La femme a eu un mouvement de recul.

— Excuse-moi, je cherche Marta Guelpa, quartier Clamaro... Caloma...

– Quartier Calamocarro, ai-je fini.

– Quartier Calamocarro, s'est-elle esclaffée. C'est tout ce que tu as comme adresse ?

Le père triturait son chapeau entre ses grosses mains.

– Eh bien tu y es, à Calamocarro ! Bienvenu dans le trou du cul du monde ! Tu vois, ces petites lumières, là-bas ?... Eh bien c'est déjà Calamocarro. Et puis tu vas tout au loin, de l'autre côté, jusque derrière les collines, c'est encore Calamocarro. Calamocarro, c'est partout où tu verras la misère, la crasse et ces saletés de cabanes en tôle ! Et il en pousse chaque jour de nouvelles pour accueillir les pauvres types dans ton genre qui s'imaginent qu'ici c'est mieux qu'ailleurs ! Calamocarro, c'est comme une plaque de boutons qui te démangent, tu te grattes et le lendemain, tu en as partout !

La femme a posé son bidon et s'est tournée vers M'man.

– Si tu veux un conseil, ma belle, repars d'où tu viens. Dès ce soir ! Et emmène tes gosses loin d'ici ! Le plus loin possible. C'est pas un coin pour les gamins, crois-moi. Ils y apprennent vite à faire ce que tu n'oses même pas imaginer.

– Mais Marta Guelpa, tu la connais peut-être ?... a insisté le père.

— Laisse-la tomber, ta Guelpa! Elle est peut-être ici, elle n'y est peut-être plus. Elle est peut-être vivante, peut-être plus. Elle a peut-être réussi à passer…

— À passer?

La femme a ricané.

— T'es vraiment comme un poussin qui sort de l'œuf, toi! Mais si tu restes, tu apprendras vite ce que c'est… Passer, c'est passer le *Cerco**. La Frontière, si tu préfères. Nous tous ici, on n'attend que ça, et ne me dis pas que tu viens pour autre chose! Mais chaque jour, c'est un peu plus difficile. Ils ont des chiens, des hélicos, des fusils, des barbelés… Telle que tu me vois, ça fait trois ans que j'attends de passer. Mais c'est fini maintenant. Fini… Trop tard. J'en ai même plus l'envie.

Elle a repris son bidon d'eau.

— Reste pas ici, l'homme! C'est un conseil. Pars vite et ne reviens jamais!

Le père avait l'air tellement désemparé qu'on aurait dit un petit garçon.

— Elle n'y connaît rien, cette bonne femme, a-t-il fini par grommeler. Marta Guelpa, quartier Calamocarro, Tijuales. On va bien finir par la trouver!

* La clôture.

On s'est remis en marche. Belzunce dormait, attachée sur l'âne par une ficelle.

– Marta! Oh, Marta! C'est moi!... gueulait le père de temps à autre.

Personne ne faisait attention à nous. Il n'y avait que les radios, les pétarades des moteurs et les cris des gosses pour lui répondre. Sur le bord de la route, on a croisé une bande de gamins qui s'enfonçaient le nez dans des sacs en plastique. Certains dormaient, couchés à même le sol.

– Qu'est-ce qu'ils font? a demandé Guillermo.

Le père n'en avait aucune idée. Ni M'man. Ni personne d'autre. Il a haussé les épaules.

– On s'en fout, de ce qu'ils font ou de ce qu'ils ne font pas. Ce qu'il faut, c'est trouver Marta. Marta! Oh, Marta! On cherche Marta Guelpa, de Santa Arena!

Personne n'a fait attention à la moto. On ne l'a même pas entendue arriver. Ils sont passés si près que l'âne a fait un écart. Celui qui était derrière a arraché le petit sac de M'man. Elle s'est agrippée à la bandoulière en hurlant pendant que le conducteur redémarrait en trombe, la traînant dans la poussière. L'autre lui a donné un coup de pied. Elle a fini par lâcher et les deux types ont disparu.

Le père s'est précipité pour la relever pendant que Belzunce, toujours ligotée sur son âne braillait à en perdre haleine. M'man sanglotait. La joue pleine de sang, elle répétait comme une machine : «Notre argent, notre argent... Ils ont tout pris!»

Autour de nous, les gens regardaient sans bouger. Une radio s'est mise à beugler :

« Tant que les filles auront le sourire vanille
et que le ciel te fera si belle,
mon cœur ne battra que pour toi. »

C'était la dernière chanson de Franky Enamorado. On l'entendait même à Santa Arena.

·~ 3 ~·

Les parents ont vendu l'âne et Calamocarro a
compté une baraque minable de plus. Quatre ou
cinq tôles, quelques planches, du carton et du fil
de fer. Ça ressemblait à une chanson française que
j'avais apprise à l'école de la mission où un petit
bonhomme, pirouette, cacahuète, avait une drôle
de maison avec des escaliers tout en papier.
Pirouette, cacahuète... Derrière, c'était le désert.

Le père est parti chercher du travail, M'man
aussi, et je suis restée avec Guillermo pour garder
Belzunce. C'est comme ça que j'ai rencontré
Mama Yosefa.

Je bricolais une petite poupée en ficelle pour
Belzunce quand elle s'est approchée. Énorme.
Peut-être cent vingt kilos, peut-être plus,
maquillée jusqu'à la racine des cheveux et un
sourire qui lui fendait la graisse.

— Dis-moi, petite, vous venez d'arriver, n'est-
ce pas?

— Ça fait trois jours.

— Ils ne sont pas encore passés?

— Qui ça?

Son sourire s'est élargi.

— S'ils étaient passés, tu ne poserais pas la question. Et je me trompe pas trop si je devine que tes parents ne t'ont pas laissé d'argent…

De quoi elle se mêlait, celle-là? J'ai pris Belzunce dans mes bras et j'ai reculé en cherchant Guillermo des yeux. En trois jours, j'avais appris à me méfier de tout le monde. Le sourire de la grosse a encore gagné quelques centimètres et je me suis dit que si elle continuait comme ça, elle allait se fendre la tête jusqu'aux oreilles.

— T'inquiète pas, mon petit chat. Je viens juste pour ta sécurité. Ça ne coûtera que cinq *monedas* par jour. Et avec ça, toute la famille est tranquille.

Je ne comprenais rien de ce qu'elle disait.

— Cinq monedas!… Mais pour quoi faire?

— Disons que c'est une sorte de loyer.

Cinq monedas par jour! J'ai regardé notre cabanon, écrasé de soleil aux portes du désert, avec sa bâche bleue censée nous protéger du sable et qui battait au vent. La première borne d'eau était à vingt minutes de marche et au moindre tourbillon, des milliers de sacs en plastique s'envolaient comme des nuées d'étourneaux.

Rien de tout cela ne valait un loyer. J'ai secoué la tête. Belzunce chouinait en attendant sa poupée et Guillermo restait invisible.

— Je sais bien qu'au début, ça paraît bizarre, a repris la grosse, mais quand les autres arriveront, tu comprendras. M'est avis qu'ils ne devraient pas tarder. Tiens, si ça te dit, on va les attendre ensemble.

Elle s'est laissée tomber sur le bidon de fuel qui nous séparait du baraquement le plus proche et s'est planté entre les lèvres un cigare plus gros que tous ceux que j'avais pu voir jusqu'à présent. De temps en temps, elle me glissait un sourire que je m'efforçais de ne pas remarquer. J'ai terminé la poupée vite fait mal fait. Le résultat était plutôt moche, mais Belzunce était ravie. Guillermo ne revenait toujours pas. En soupirant, la grosse a soulevé tous ses bourrelets pour aller s'assoupir un peu plus loin, à l'ombre du seul arbre qui avait le courage de pousser dans le coin, et une mouche s'est posée au coin de ses lèvres sans qu'elle la chasse.

Une Chevrolet noire a viré en faisant crisser ses pneus, elle a remonté le long des cabanons pour stopper juste devant moi dans un nuage de poussière. La vitre arrière s'est baissée. Lunettes noires, barbe de trois jours. Pas besoin de dessin pour comprendre qu'il s'agissait des types dont la grosse avait parlé.

— T'as une autorisation pour t'installer là ?

J'ai secoué la tête sans un mot. Je vibrais de la tête aux pieds. J'aurais tellement voulu que Guillermo soit là.

— Tu crois peut-être qu'il suffit de bricoler trois, quatre saloperies de planches pour se déclarer propriétaire du coin ?

Je ne comprenais pas plus qu'avec la grosse femme.

— Je sais pas… C'est mes parents qui…

— Et ils sont où, tes parents ?

— Partis… Ils cherchent du travail.

Lunettes-noires-barbe-de-trois-jours a craché dans la poussière.

— C'est ce qu'ils disent tous ! Mais dès il s'agit de payer, on ne trouve plus personne ! Je vais être très gentil avec toi et ne pas me fâcher, mais je repasserai ce soir, et si tes vieux ne veulent pas payer, regarde ce qu'on en fera, de votre château !

La Chevrolet a reculé. Juste un peu. Et elle a effleuré un des panneaux de notre cabane qui s'est effondré dans un nuage de poussière.

« *Sa maison est en carton. Pirouette, cacahuète…* »

— Excuse mon copain, a rigolé le type, il a toujours été assez maladroit.

Je le voyais tout brouillé. Je me suis mordu jusqu'au sang pour ne pas éclater en sanglots. Belzunce ouvrait de grands yeux, trop étonnée pour songer à pleurer.

La grosse a semblé se réveiller. Elle s'est approchée comme un dinosaure. Le sol tremblait sous ses pas.

— Allons! Allons! Qu'est-ce que c'est que ces bêtises? a-t-elle demandé à l'homme comme s'il s'agissait d'un gamin dans une cour de récréation. T'arrives trop tard, mon lascar. La petite a déjà payé et je crois bien qu'en ce moment, tu piétines un terrain qui m'appartient.

Dans sa main tendue, il y avait une pièce de cinq monedas que je ne lui avais jamais donnée.

Le type a de nouveau craché dans le sable en lançant une bordée d'injures.

— Eh, que veux-tu? C'est la vie, mon joli! a souri la grosse femme.

J'ai cru apercevoir le reflet d'une arme, dans la voiture, mais Barbe-de-trois-jours l'a repoussée d'un geste. La vitre noire est remontée, la Chevrolet s'est éloignée rapidement dans une embardée et la femme m'a regardée.

— Alors... Avoue que cinq monedas pour éviter que ces crétins ne viennent te chercher des noises, c'est pas cher payé.

Je claquais des dents, incapable d'articuler le moindre mot.

— Il suffit d'appeler Mama Yosefa. Et si par hasard je n'étais pas dans le coin, ne t'inquiète pas, ma puce. Il y aura toujours quelqu'un pour me prévenir. Grosse Mama sait tout, voit tout et entend tout ce qui se passe à Calamocarro.

Elle m'a tendu une main grassouillette et pleine de bagues.

— Allez! Tope là! Je passe chaque semaine et pour toi, les trois premiers jours seront gratuits parce que tu as une bonne tête.

Je lui ai serré la main sans trop savoir ce que je faisais.

— Mais attention! a-t-elle souri, Mama Yosefa ne laisse jamais passer un jour de retard...

Elle a claqué dans ses doigts.

— Hep! Vous autres! Donnez un coup de main à la petite.

Comme par enchantement, cinq ou six types ont surgi d'entre les cabanes à moitié défoncées qui nous entouraient et ils ont entrepris de remonter le panneau écroulé.

— Tu vois comme c'est facile...

· 4 ·

Quand Guillermo est revenu, tout était en place, comme s'il ne s'était rien passé. J'ai explosé.

— Mais ça ne va pas de partir aussi longtemps! Et d'abord, tu étais où?

— Tu es de la police, maintenant?

Il est venu se carrer devant moi et s'est mis au garde-à-vous en singeant le salut militaire :

— Madame le commissaire en chef de mes fesses, je suis allé là où j'avais envie, pour faire ce qui me plaisait pendant tout le temps que j'ai voulu.

Il faisait le malin, comme d'habitude, mais il y avait dans sa voix une sorte de tension que je ne connaissais pas. Et quand je l'ai regardé, il a aussitôt détourné les yeux.

La nuit tombait et les parents n'étaient toujours pas rentrés. Le quartier s'est mis à grouiller de monde. Des femmes qui faisaient la cuisine dehors, accroupies devant leur baraquement, des gamins poussiéreux qui hurlaient en tapant dans un ballon tout ramolli et des hommes qui jouaient aux dés dans un vieux cageot de tomates... Mais aussi des types qui rôdaient, les mains dans les poches, et des filles qui portaient des jupes si courtes que je n'osais pas les regarder.

Une voiture de police s'est annoncée, toutes sirènes hurlantes. Les chiens se sont mis à aboyer et la rue s'est vidée en un instant. Elle est passée en trombe, en faisant gicler de grands éclats de lumière sur les baraquements et a disparu au loin. La poussière est retombée, mêlée aux vapeurs des réchauds à pétrole.

— Tu joues au foot? a demandé un des gamins à Guillermo.

Il les a rejoints sur le bout de désert envahi d'ordures qui leur servait de terrain. «C'est moi Zidane! braillait à tue-tête un des gamins. C'est moi Zidane!»

Belzunce commençait à avoir faim et je n'avais rien à lui donner.

Le père est revenu à la nuit. Sans travail. M'man n'était toujours pas là.

— J'ai vu des gars se battre pour une place, a-t-il murmuré, la voix éteinte. Si seulement on pouvait retrouver Marta, je suis sûr que...

Les usines que les ranjeros avaient installées de ce côté-ci de la frontière regorgeaient de main-d'œuvre. Il suffisait qu'un de leurs employés arrive en retard un matin pour que dix autres se bousculent pour prendre sa place. Ici, du travail, tout le monde en cherchait.

Je n'ai pas osé lui parler de Mama Yosefa. Ce n'était pas le moment. Belzunce a fini par s'endormir en mâchonnant, faute de mieux, ma poupée de ficelle. Avec M'man qui ne revenait toujours pas, le père était aux abois, comme fou. Il se tournait dans tous les sens, sortait, revenait... Il shootait dans les boîtes de conserve vides et braillait à tue-tête : « Bon sang ! Ça, elle va m'entendre ! Je te jure que... » À deux ou trois reprises, il s'est risqué dans le dédale du *barrio**, au milieu des filles et des trafiquants. Branchées sur des batteries de voiture, les télés faisaient un bruit assourdissant.

M'man est revenue si tard que j'ai cru qu'il allait pleurer. Mais il n'a rien fait, rien dit, que de la serrer dans ses bras comme s'il voulait l'étouffer. C'était la première fois que je voyais un geste tendre entre eux. Pour huit monedas par jour, elle avait trouvé une place dans une

* Quartier.

cantina* et devait rester pour faire la vaisselle jusqu'au départ des derniers clients. Elle a souri en sortant un sac en plastique de derrière son dos. Il était rempli à ras de tout un tas de trucs que les clients avaient abandonnés au fond de leurs assiettes : des morceaux de poulet, des boulettes de viande, du pain et même des fonds de Coca.

Mais ce qui a tout changé, c'étaient les frites. Jamais on n'en avait mangé à Santa Arena. Là-bas, on ne connaissait que les haricots. Personne n'aurait imaginé que, même froid, ça puisse être aussi bon. On a réveillé Belzunce et toute la famille a savouré le premier vrai repas depuis notre arrivée à Tijuales. On nageait dans une espèce d'euphorie, en rigolant de tout ce qu'on disait, les doigts luisants de graisse. Je n'avais pas le cœur à parler des cinq monedas de Mama Yosefa.

Et quand on s'est enroulés dans nos couvertures, à même le sol en écoutant brailler une radio quelque part dans le barrio, M'man a chantonné en même temps de Franky Enamorado.

*« Tant que les filles auront le sourire vanille
et que le ciel te fera si belle,
mon cœur ne battra que pour toi. »*

* Bar-restaurant.

— Tu sais, a murmuré le père dans l'obscurité, j'ai bien regardé comment ils font, les types qui trouvent du travail. Ils ne se gênent pas, ils jouent des coudes et si c'est nécessaire, ils font le coup de poing. De toute manière, je crois bien qu'ici, faut savoir s'imposer. C'est la loi du plus fort. Je ne suis pas trop gringalet, je devrais m'en sortir.

Le lendemain soir, il est revenu avec un énorme coquard. Sa joue avait triplé de volume et même les frites froides de la cantina n'ont pas réussi à lui faire dire ce qui s'était passé. Le moment était plutôt mal choisi pour parler de Mama Yosefa.

La fin de la semaine est arrivée. Le père n'avait toujours pas trouvé de travail, toute la famille en avait par-dessus la tête des frites froides et je n'avais pas encore dit un mot du «loyer» qu'on devrait payer le lendemain à Mama Yosefa.

·⌣ 5 ⌣·

Elle est arrivée alors que M'man venait de rentrer. Elle m'a collé une bise sur chaque joue, deux autres pour Belzunce et s'est installée comme chez elle, en piochant une frite froide. Ses doigts ressemblaient à de petites saucisses et son sourire s'est épanoui au beau milieu de ses bajoues.

– La petite vous a parlé de moi, j'espère?

Les parents se sont regardés, ils n'en revenaient pas du culot de cette énorme bonne femme qui déboulait comme une vieille connaissance.

– Bah alors, mon trésor! Tu ne leur as rien dit de la visite de Mama Yosefa?

Elle a sorti de sa poche une poignée de bonbons qu'elle a posés sur la caisse qui nous servait de table. Belzunce s'est précipitée, mais M'man l'a retenue.

– Touche pas, Bebel!... Qu'est-ce que vous nous voulez?

– Rien que du bonheur et de la tranquillité, ma beauté... Et crois-moi, pour cinq monedas par jour, à Calamocarro, c'est comme si c'était un cadeau. Demande à la petite comment sont les autres.

– Les autres!... Cinq monedas par jour!... Mais qu'est-ce que ça veut dire?

Je fixais la terre.

– Adriana, qu'est-ce que c'est que ces histoires?

À mi-voix, j'ai raconté la visite de l'homme à la Chevrolet pendant que Mama Yosefa dépiautait un des bonbons qu'elle avait apportés et l'engloutissait sous les yeux effarés de Belzunce.

Le père n'a pas dit un mot. Il s'est approché si près de Mama Yosefa que sa poitrine s'écrasait contre ses énormes seins.

– Écoute-moi bien, la femme, quand bien même je serais riche comme un ranjero, je ne te donnerais pas une moneda. Ni la moitié d'une, ni même le quart... Rien! Si quelqu'un doit s'occuper de la tranquillité de la famille, c'est moi. Parce que je suis le père et que je n'ai besoin de personne. Fourre-toi bien ça au fond des oreilles!

Le sourire de Mama Yosefa était large comme un sillon de charrue. De la main, elle a désigné nos couvertures et les quelques caisses qui nous meublaient.

— C'est comme tu le penses. Mais avant que tu ne deviennes «riche comme un ranjero», je crois bien qu'il te reste un bout de chemin! Je me suis laissé dire qu'en ce moment tu t'occupais plutôt de chercher du travail… Et que ce n'était pas si simple!

Elle a effleuré le coquard du père. Il l'a repoussée si fort qu'elle a failli écrabouiller Belzunce qui, juste derrière elle, tentait de chiper un bonbon.

— Fous-moi le camp! a-t-il hurlé.

— Ne te fâche pas, mon gars! Mais si tu veux mon avis, tu as tort… Enfin, on en reparlera bientôt.

— On n'en reparlera jamais. Je ne veux plus jamais te voir ici! Compris! Plus jamais!

— À bientôt, les enfants, a souri Mama Yosefa en se glissant lourdement sous la bâche qui servait de porte. Adriana, je compte sur toi pour convaincre ton père. Je crois qu'il n'a pas encore bien compris où il était…

— Et tu peux reprendre tes saloperies! a encore braillé le père en jetant dans la poussière les bonbons qui traînaient sur la caisse.

Belzunce a poussé un hurlement de désespoir tandis que, dehors, une nuée de gamins s'abattait en criant pour les récupérer.

Le lendemain, le vent du désert s'est levé. Il s'est abattu en bourrasques brûlantes, déchaînant des vacarmes de boîtes de conserve qui bringue-balaient dans tout le barrio comme des meutes.

Je suis revenue de la borne d'eau chargée comme un âne. Des rafales à couper le souffle secouaient les baraquements, les tôles s'entre-choquaient et des dizaines de cartons déchique-tés traversaient le ciel jaune comme de gros oiseaux de proie. Derrière moi, Belzunce cou-rait de toutes ses petites jambes après des canettes de bière pour tenter de les attraper. J'ai posé mes bidons pour l'attendre au bas du pas-sage. Et lorsque j'ai relevé la tête, les yeux mi-clos pour me protéger des poussières de sable, j'ai cru que mon cœur allait s'arrêter. Notre cabanon n'était plus qu'un tas informe de planches et de tôle. Nos bâches s'étaient envo-lées et parsemaient le désert de larges taches bleues sur la caillasse grise.

— L'est cassée la maison, a fait Belzunce d'une petite voix lamentable.

Elle se serrait contre mes cuisses.

J'ai senti mon corps se vider d'un coup, comme si une gigantesque pompe m'aspirait de l'intérieur. Je me suis affalée par terre.

— Pieure pas, faisait Belzunce. Pieure pas…

Une fois de plus, Guillermo était je ne sais où et, comme d'habitude dans la journée, le barrio était presque vide. Tout le monde était en ville, à travailler pour les uns, à chercher du travail pour les autres ou à se lancer dans l'un des milliers de petits trafics qui proliféraient comme des poux dans les ruelles de Tijuales. Un peu plus haut, une vieille tentait de lutter contre le sable qui envahissait sa baraque avec un balai de branches usé jusqu'au manche. Elle était la seule trace de vie. Je me suis approchée.

— Tu as vu ce qui s'est passé?

— *El viento... El viento...* a-t-elle murmuré sans me regarder.

Le vent!

Je lui ai arraché son balai des mains.

— Ce n'est pas vrai! Tu sais aussi bien que moi que ce n'est pas le vent qui a fait ça!

Elle a craché par terre avant de lever vers moi un visage tout édenté.

— Alors si tu le sais, pourquoi me poser la question?

Elle a repris son balai et s'est absorbée dans sa bataille perdue d'avance contre le sable qui se glissait jusque sous les vêtements.

Guillermo n'est revenu qu'en début d'après-midi, alors que je m'échinais à remonter notre cabanon sous l'œil indifférent de la vieille qui balayait toujours. Il m'a aperçue et s'est mis à rire, mais à rire!... À rire comme s'il n'avait jamais rien vu de si drôle. Il se tenait le ventre en braillant : «Ouille! Ouille! Ouille!...» tant et tant que la vieille elle-même s'est arrêtée pour le regarder. Il n'arrivait plus à reprendre son souffle et s'est écroulé dans la poussière en se tordant.

Jamais je ne l'avais vu comme ça. Belzunce le regardait, indécise et vaguement alarmée, ne sachant pas trop quoi penser de ce rire de dément devant ce qui restait de sa «maison». Elle a fini par éclater en sanglots.

J'ai hurlé :

– Merde! Guillermo. Arrête, maintenant! Arrête!... Tu me fais peur à rire comme ça!

Mais lui continuait à se gondoler en se tenant le ventre comme s'il souffrait le martyre.

– Rête, Llermo! a crié Belzunce en lui donnant un coup de pied.

Alors j'ai fait le premier truc qui m'est passé par la tête : je lui ai vidé dessus un des bidons d'eau que j'avais rapportés. Il s'est relevé d'un bond, tout dégoulinant.

– Mais ça va pas! Qu'est-ce qui te prend?

– Et toi? Tu peux m'expliquer pourquoi tu te mets à rire comme un taré alors que... alors que..

Je lui ai montré la cabane, incapable de dire un mot de plus.

On est restés un temps à se regarder sans savoir quoi dire. Guillermo se balançait d'un pied sur l'autre, comme s'il comprenait seulement ce qui s'était passé.

– T'énerve pas! On va la remonter, cette saleté!

On s'y est mis en silence. Les hommes de Mama Yosefa avaient bien travaillé. Tous les fils de fer avaient été coupés, tous les clous arrachés, les tôles étaient tordues et certaines planches cassées. Le peu qu'on avait était en miettes.

– De toute façon, a grondé Guillermo au bout d'un moment, j'aime pas, ici! Je veux partir. Rentrer à Santa Arena.

Avec le soir, le barrio s'est mis à grouiller de monde et les gens faisaient soigneusement le détour pour éviter notre coin. Les radios et les télés braillaient, le vent sentait la poussière, la friture et les diesels mal réglés.

À son habitude, le père est rentré à la nuit. Il n'avait pas trouvé de travail, s'était encore battu et la cabane était en pièces. Ce qu'on avait bricolé avec Llermo ne ressemblait à rien. Des bouts de bois et de ferraille qui s'entrecroisaient n'importe comment en laissant passer des rafales de vent tellement chargées de sable qu'on aurait dit du papier de verre.

Il a fixé le désastre, trop étonné de la tournure que prenaient les événements pour songer à se mettre en colère. Il a répété quatre ou cinq fois: «Mais pourquoi?... Pourquoi?...» et s'est emparé d'une tôle qui dépassait pour la fixer contre le vent. Ni Guillermo, ni moi n'y avions pensé!

Au bout d'un moment, la vieille édentée au balai nous a apporté quelques beignets au fond d'une assiette crasseuse. Par-dessus le brouhaha, Radio Sonrisa* matraquait Franky Enamorado:

> « *T'es si jolie, ma Suzy-y-y*
> *qu'il ne se passe pas un jou-our*
> *sans que je pense à l'amou-our*
> *après lequel je cou-ours*
> *depuis tou-oujou-ou-ours.* »

Heureusement qu'il était là pour nous remonter le moral, celui-là!

Mama Yosefa est arrivée en même temps que M'man. On n'avait pas encore fini de remonter le cabanon.

* Radio Sourire.

— Tsss, tsss… Si ce n'est pas malheureux, a-
t-elle fait en glissant discrètement un bonbon
dans la menotte de Belzunce. Quand je pense que
vous venez à peine d'arriver et que vous avez déjà
des ennuis…

M'man regardait sans comprendre, son sac de
frites froides à la main. Son regard naviguait du
père à la cabane défoncée, en quête d'une explication.

— Et voilà! a repris Mama Yosefa. Voilà ce
qui arrive quand on n'a pas d'amis sur qui compter… Et une bonne amitié, à Calamocarro, ça
vaut de l'or. Moi, je ne la propose qu'à cinq
monedas par jour. Pas cher pour de l'or… Pas
vrai, mon poulet?

Belzunce a tendu la main vers le nouveau
bonbon que lui tendait la grosse femme mais le
père l'a écartée d'une petite tape sur la nuque. Elle
s'est mise à hurler et Mama Yosefa a gobé le bonbon en lui adressant une petite grimace, l'air de
dire: «Ne t'inquiète pas pour ça, mon petit chat,
tu en verras d'autres!»

— Donne-lui ce qu'elle veut, a lancé le père
d'une voix sourde en évitant le regard de M'man.
Et qu'elle foute le camp!

— Mais…

— Donne-lui ce qu'elle veut, je te dis!

M'man s'est détournée, elle a sorti de son corsage la petite bourse de peau qu'elle portait autour du cou et a compté trente-cinq monedas qu'elle a tendues à Mama Yosefa.

— Eh bien voilà! a souri la grosse femme. Mais je ne vais pas foutre le camp, mon grand. Non! C'est le prix de ta tranquillité que tu viens de payer ce soir. À partir de maintenant, je m'occupe de vous comme une chatte de ses petits. Et pour commencer...

Elle s'est tournée vers Guillermo.

— Dis-moi, mon petit gars, je me trompe, ou tu t'es fait de drôles de copains, depuis que tu es arrivé...

Guillermo est devenu pâle comme un mort.

— Ouais... Je vois qu'on se comprend. Oublie-les, ceux-là! À la semaine prochaine! Mais vous, surtout, n'oubliez pas...

Et ses cent vingt kilos se sont enfoncés dans le dédale du barrio.

— Qu'est-ce qu'elle voulait dire? a fini par demander M'man à Guillermo.

Il a haussé les épaules.

— J'en sais rien. Tu ne vas tout de même pas croire tout ce que raconte ce gros tas...

·~ 6 ~·

Les premières semaines, le père s'est levé chaque jour avant le soleil pour trouver du travail. On ne le voyait revenir qu'à la nuit. Décharger les camions qui passaient la frontière, curer les égouts du centre ville, travailler sur la décharge... il était prêt à tout. Tout, sauf ne rien faire.

— Bon Dieu, grondait-il en relevant ses manches sur ses bras noueux comme des troncs, je pourrais travailler comme deux. J'en ai la force! Un seul salaire pour double de travail... Et ils ne veulent pas de moi!

Toute la journée, il arpentait le barrio et la ville entière sans rien trouver d'autre que, de temps à autre, une bagarre dont il ressortait avec une arcade sourcilière fendue ou une dent cassée.

Le soir, il pignochait du bout des lèvres dans le sac de frites froides que M'man rapportait invariablement et s'enroulait sans un mot dans sa couverture.

– Un homme qui ne travaille pas n'a pas à manger.

Guillermo disparaissait de plus en plus souvent. Il revenait en éclatant de rire au moindre mot, comme si la vie était d'une drôlerie irrésistible ou bien en s'écroulant dans un coin de la cabane, les yeux fixés sur la cloison opposée.

Les journées passaient, rythmées par l'eau qu'il fallait aller chercher deux fois par jour à la borne et M'man qui rentrait au cœur de la nuit.

Au fur et à mesure que le travail semblait le fuir, le père est devenu de plus en plus maussade. Il a fini par baisser les bras, ne s'obligeant même plus à se lever. Il passait ses journées allongé, à bricoler des cigarettes à partir des mégots qu'il ramassait en ville.

Avec trois monedas par jour, on n'allait pas bien loin et sans les sacs de frites ou les déchets de poulet figés dans leur gras de M'man, je ne vois pas très bien comment on s'en serait sortis.

Même si personne n'osait l'avouer, la vie à Calamocarro était infiniment plus difficile à supporter qu'à Santa Arena. Presque chaque nuit, je rêvais qu'on était de retour là-bas. J'escaladais la mesa avec Grand-pa et, en chemin, je croisais la femme rousse qui me souriait de ses yeux dollar.

Je savais alors que le paradis était de l'autre côté du Cerco, chez les ranjeros, là où poussaient les maisons aux toits d'or…

·~ 7 ~·

— Je veux passer la frontière.

Le père avait à peine murmuré. C'étaient ses premiers mots depuis plus d'une semaine. Mon cœur s'est mis à battre à toute allure.

— Je veux passer la frontière, a-t-il répété plus fort.

Mama Yosefa l'a regardé. Elle était venue chercher son «loyer» plus tôt que d'habitude. M'man n'était pas encore rentrée et, comme presque tous les soirs maintenant, Guillermo était absent.

— J'ai entendu, a-t-elle dit en tendant un bonbon vers Belzunce. Emmène ta sœur dehors, Adriana. On a à causer, ton père et moi.

Je me suis collé l'oreille contre les planches pendant que Belzunce suçotait son bonbon en s'en fourrant plein les doigts.

— C'est risqué de passer le Cerco, a commencé Mama Yosefa. Les gardes-frontière ont des armes et des chiens dressés à chasser le pauvre comme d'autres chassent le lapin. Le désert est truffé de minuscules machines capables de signaler ton passage aussi sûrement que si tu leur filais sous le nez. Sur cent qui tentent le coup, il y en a peut-être deux qui réussissent...

— Moi, je réussirai!

— Et puis il y a ceux qui se font descendre. Tu as vu les croix blanches tracées sur les tôles du Cerco, à côté du poste frontière?... Il y en a quatre cent cinquante-sept. Tu devrais y réfléchir...

Le père a secoué la tête.

— C'est tout réfléchi, a-t-il martelé, je veux passer la frontière. Ici, c'est la misère. Je ne veux plus que mes enfants me voient comme ça. Chez les ranjeros au moins, il y a du travail. Et puis de l'argent. C'est là que je veux aller.

Une allumette a craqué et Mama Yosefa a allumé son cigare sous le nez du père.

— À toi de décider... Je connais des gens qui peuvent t'aider, mais faudra payer.

— Combien?

— Tu veux passer seul, ou avec ta famille?

— Je suis le père, a dit le père. On passe tous ensemble ou pas du tout.

— Plus on est, plus c'est risqué...

— Combien?

— Pour mille dollars, je peux peut-être te trouver un passeur. Prix d'ami!

— Mille dollars... a répété le père abasourdi. Tu veux dire mille monedas... ?

— Pour ce prix-là, je n'arrive même pas à faire passer ton pantalon.

— Mille dollars... Mais c'est au moins deux ans de travail... et je...

— Et tu n'as pas de travail... Je sais.

Mama Yosefa est restée un moment silencieuse. De l'autre côté des planches, je l'entendais souffler de gros nuages de fumée. Nouveau craquement d'allumette. C'était le père qui s'allumait un mégot.

— J'ai peut-être quelque chose pour toi... Un travail... Mais viens, on va causer dehors parce que j'ai l'impression qu'ici, les murs ont des oreilles.

Et elle m'a souri de toute sa graisse en sortant.

— J'ai trouvé du travail, a fait le père le lendemain, alors que M'man venait de rentrer.

Sa voix était tellement éteinte que c'est à peine si on l'a entendu. Quelque chose clochait. On s'est tus en attendant la suite.

— Ouaip ! Parfaitement, du travail... Mais pas pour moi. Pour vous !

Il a tendu le doigt vers moi et Guillermo. M'man l'a regardé comme s'il était fou.

— Mais qu'est-ce que tu dis là? C'est bon pour les enfants de pauvres de travailler, mais nous…

— Nous, quoi?… a-t-il explosé. Fous-moi la paix avec tes enfants de pauvres! Tu as vu dans quoi on habite? Tu as vu où on a échoué?

— Mais c'est passager, a murmuré M'man. Juste le temps que tu retrouves du travail.

— Du travail! Mais il n'y a pas de travail à Tijuales pour des types comme moi! On est trente, cinquante parfois, à se battre pour une place. Les ranjeros s'en moquent, leurs usines tournent jour et nuit avec des femmes et des gosses qu'ils payent à moitié prix!… Il n'y a pas de place pour un type comme moi, mais il y en a pour eux.

Avec Guillermo, on gardait les yeux fixés sur le père.

— Et qu'est-ce qu'ils ont de plus que toi? a demandé M'man d'une voix sourde.

— Ce qu'ils ont de moins plutôt. Leur taille! Ils peuvent passer partout…

— Et alors…

La voix de M'man n'était plus qu'un souffle.

·~ 8 ~·

Le père nous tenait par la main comme si on allait
s'envoler. On a traversé toute la ville en direction
de la frontière avant d'arriver dans la zone où les
usines des ranjeros s'étaient installées. À une centaine de mètres à peine, le mur de béton du
Cerco se hérissait de miradors et de barbelés.

Les hangars de la Chemical & Petrological
Corporation bordaient la frontière.

– Laissez-moi parler, a-t-il fait au moment
où un grand type s'approchait de nous. Je ne
veux pas vous entendre. Compris?

– Ce sont eux? a demandé l'homme.

– Oui.

– La fille me paraît bien grande…

– Elle est souple comme une liane, don John.
Elle peut se faufiler partout. Vous verrez…

– Mouais… Tu as de la chance que Mama
Yosefa t'ait recommandé. D'habitude, je ne

prends que des gamins des rues pour ce boulot. Pas de parents, pas d'ennuis!

— Je ne ferai pas d'ennuis, a répliqué le père à mi-voix.

— Je ne te le conseille pas.

— C'est juste parce qu'on a besoin d'argent, sinon…

L'autre a éclaté de rire.

— Je ne connais personne qui n'ait pas besoin d'argent!

— Oui, mais nous…

— Toi comme les autres! Bon! Assez baratiné. Suivez-moi, vous deux, je vais vous montrer votre travail. Allez, dégage, toi! a-t-il ajouté en s'adressant au père.

Il s'est éloigné en courbant le dos, sans oser nous regarder. Ses pieds rabotaient la poussière comme s'il avait cent ans.

L'homme que mon père appelait don John nous a entraînés vers une immense bâtisse de tôle ondulée sur laquelle le soleil cognait comme un forcené. Plus on approchait, plus le vent nous apportait une odeur infecte. À l'intérieur, la puanteur nous a sauté à la gorge comme un chien. Infecte, brûlante, acide… J'ai cru que j'étouffais, j'ai voulu me précipiter dehors mais le type m'a retenue par le bras.

— Bouge pas, toi! Dis-toi bien que par rapport à ce qui t'attend, c'est comme si tu humais un champ de roses.

Le hangar était encombré d'énormes cuves métalliques autour desquelles s'activaient des dizaines d'enfants avec des brosses, des éponges, des seaux… Filles et garçons. Dix ou douze ans, pour la plupart, mais les plus jeunes n'avaient pas beaucoup plus de sept ou huit ans. J'étais de loin la plus âgée, mais «souple comme une liane», avait dit le père. Ils grimpaient sur les cuves par des échelles et disparaissaient à l'intérieur avec tout leur matériel. Certains d'entre eux tenaient à bout de bras une cage avec un canari. Je n'ai pas tout de suite compris pourquoi.

— Pas compliqué, a fait don John, vous vous faufilez là-dedans et vous nettoyez tout. Plus vous en faites, plus vous êtes payé et si vous salopez le travail, vous êtes virés!

J'ai escaladé la première cuve et je me suis glissée dedans, en pleine obscurité. Le trou d'homme était à peine assez large pour moi. La chaleur était étouffante et l'odeur insupportable. J'ai cru que mes poumons allaient exploser, comme si on y avait déversé un liquide bouillant. Une main sur la poitrine pour contenir la douleur, je me suis adossée à la paroi. Elle était recouverte d'une sorte de pellicule gluante, terriblement poisseuse. C'était ce truc que l'on devait nettoyer pour rendre la cuve «aussi propre que si tu devais y faire la cuisine».

Au-dessus de moi, le trou d'homme n'était qu'une minuscule ouverture par laquelle la tête de Guillermo s'est encadrée, auréolée de lumière, comme celle d'un ange.

— Je te passe le matériel…

La lampe, d'abord. Une pour deux. Les seaux, les éponges, les brosses… Et puis la cage du canari.

«Ne le quittez pas des yeux, avait recommandé don John. Si vous voyez qu'il bascule de son perchoir, c'est que les vapeurs de toluène sont trop toxiques pour que vous restiez au fond. Il faut remonter immédiatement. Sinon…»

On s'est attaqués à l'extrémité de la cuve à coups de brosse, les poumons en feu, les yeux mi-clos pour ne pas recevoir les projections qui brûlaient la peau comme de minuscules fourmis. Je n'ai tenu que quelques minutes avant de me précipiter vers le trou d'homme pour respirer.

Le ranjero avait raison. Au-dehors, l'air était une bouffée de roses.

Un des gamins a rigolé en m'apercevant.

– C'est ton parfum, ma belle! Je t'avais bien dit de ne pas tout mettre d'un coup! Moi aussi, tu me fais tourner la tête!

Et il m'a envoyé un baiser du bout des lèvres.

J'ai replongé dans la cuve. La plupart du temps, la pellicule se détachait en grands lambeaux qu'on poussait avec les balais vers le trou de vidange, c'était assez facile, mais en certains endroits, le produit s'était incrusté comme s'il avait rongé les parois. Il fallait alors brosser jusqu'à ce qu'il s'écaille et laisse apparaître le métal.

Je ne sais pas combien de temps on est restés au fond de la première cuve. Trois heures, peut-être quatre… Un siècle! On n'avançait pas et la cuve semblait grandir au fur et à mesure qu'on la nettoyait. J'avais la trouille de mourir au fond et toutes les trois secondes, je jetais un coup d'œil vers le canari dont l'œil brillait comme une petite pierre dans le reflet de la lampe. Il avait bien l'air un peu hébété, mais il s'agrippait ferme à son perchoir, se contentant d'étendre ses ailes de temps à autre, comme pour se dégourdir.

Quand on est ressortis, on s'est allongés sur la cuve, les bras en croix, exténués et ruisselants de sueur. Nos poumons faisaient un drôle de bruit, comme si on avait entassé de la ferraille à l'intérieur. Aux ombres du dehors, j'ai vu qu'on avait dépassé midi.

— Ça va aller, Llermo?...

Il a secoué la tête.

— Non. Ça ira le jour où on se tirera d'ici. Le plus loin possible...

À côté de nous, le canari sifflait comme un fou, content de retrouver la lumière du jour.

— On va l'appeler comment?

— Miss Perfumado.

C'était le titre d'une chanson que M'man chantait parfois, du temps où on habitait Santa Arena.

— Mais s'il chante, c'est que c'est un mâle! On ne peut pas l'appeler «Miss»...

— Miss Perfumado quand même.

— Hé, vous deux! Vous croyez que le boulot va se faire tout seul! Je ne vous paye pas pour vous faire bronzer!

Don John nous attendait au bas de l'échelle.

— C'est cinq monedas par cuve, mais faut m'en faire au moins deux par jour, sinon je ne paye pas! Bande de feignants!

On a aussitôt replongé dans une autre cuve, Miss Perfumado entre nous. Le métal avait emmagasiné la chaleur de midi et j'ai eu l'impression de pénétrer dans un four. On a brossé, décapé, décrassé, tant et tant qu'on ne sentait même plus nos bras. Ça puait si fort que parfois, je devais m'appuyer contre la cuve, à deux doigts de m'évanouir, mais je n'osais plus passer la tête par le trou d'homme, comme ce matin. Un coup d'œil vers Miss Perfumado, un coup d'eau pour rincer et on recommençait.

Le temps s'est arrêté et, à répéter indéfiniment les mêmes gestes, on est devenus des machines. Des machines silencieuses et bien graissées.

Soudain, on a entendu des cris au-dehors. Guillermo s'est hissé le premier. Je l'ai suivi. Une dizaine d'enfants très excités entouraient l'une des cuves en criant: «Le gaz! le gaz!» L'un d'eux a fini par se glisser dans l'ouverture, un tissu mouillé noué sur le visage. D'autres l'attendaient au-dessus, attentifs aux moindres mouvements à l'intérieur de la cuve. Ils se sont baissés et ont attrapé quelque chose qu'ils ont lentement remonté. Un corps inerte! Je crois qu'il respirait encore…

– Au travail, vous autres! a gueulé don John. Bon Dieu! C'est la deuxième fois cette semaine! Vous feriez attention aux canaris, ça n'arriverait pas, ces choses-là!

Tous se sont dispersés, sauf deux qui ont soulevé le gamin évanoui par les chevilles et les aisselles pour l'emmener, vers les bâtiments gris de la Chemical & Petrological Corporation...

Au pied de la cuve, le canari n'était qu'un petit tas de plumes boursouflées.

· 9 ·

Il paraît qu'on s'habitue à tout.

Mais personne ne pouvait s'habituer aux pestilences de la Chemical & Petrological Corporation. Llermo et moi ressortions des hangars suffoqués, les poumons en feu et les yeux brûlés par les produits. Certains soirs, j'étais obligée de m'arrêter sur le chemin du retour, incapable de faire un pas de plus. Je vomissais dans la poussière, pliée en deux par les intolérables brûlures qui naissaient au creux de ma poitrine et me vrillaient tout le corps.

Personne non plus ne pouvait se faire à l'obscurité. La nuit des cuves était si profonde qu'on distinguait à peine nos mains. Seule la minuscule pleine lune de l'ouverture, tout en haut, rappelait qu'il existait encore un soleil, du vent, et des gens qui ne clignaient pas des yeux comme des hiboux à la lumière du jour.

Et après le travail, lorsqu'on ressortait des hangars, les bras lourds comme des masses, la respiration sifflante, c'était encore la nuit.

On traversait la moitié du Calamocarro pour rentrer au milieu des filles en minijupe et des dealers de poudre qui s'approchaient de nous en chuchotant. Pour quinze monedas, ils nous promettaient le paradis à mi-voix. À leurs doigts brillaient des bagues et leurs voitures ronflaient silencieusement, prêtes à les emporter au moindre éclat de gyrophare.

Un soir, au lieu de rentrer, Guillermo m'a entraînée à l'autre bout de l'usine, jusqu'aux bâtiments de béton. Les carcasses rouillées des escaliers de secours avaient l'allure des squelettes de dinosaures que j'avais vus à Santa Arena, sur les livres de l'école de la mission.

— Je vais te montrer quelque chose, a-t-il promis en enjambant la chaîne qui en barrait l'accès.

— Tu es cinglé! Et si leurs vigiles nous voient…

— Tu n'es pas obligée de me suivre.

Il a ôté ses baskets vermoulues et a grimpé sans bruit les premières marches. Je n'ai hésité qu'une seconde avant de le suivre. On est montés d'une traite jusqu'à la plate-forme, tout en haut.

– Regarde!

À nos pieds, le mur du Cerco serpentait, hérissé ici et là de miradors qui veillaient sur le pays des ranjeros tandis que les 4 X 4 des gardes-frontière patrouillaient pleins phares. Mais aux limites de l'horizon, bien au-delà du Cerco et du désert, les villes de la frontière scintillaient, mille fois plus lumineuses et plus proches que je ne les avais jamais vues. L'horizon palpitait de richesse. La chaleur qui, à la tombée du jour, s'élevait du sable les grossissait comme une loupe et il aurait presque suffi de tendre la main pour en cueillir les diamants.

– Tu te souviens, quand Grand-pa nous emmenait sur la mesa?...

Guillermo n'a pas eu le temps de répondre. Une explosion a retenti au loin, comme un coup de tonnerre et une gigantesque gerbe d'étincelles a embrasé la nuit. J'ai agrippé l'épaule de mon frère. D'autres explosions se sont enchaînées, bleues, rouges, or... Éblouissantes. Jamais je n'avais vu de feu d'artifice. L'air trépidait sous les chocs. De longues traînées de feu jaillissaient du ciel avec des sifflements assourdissants et se désin-tégraient en inondant le désert de lumières. L'obscurité s'éclaboussait de soleils aveuglants. L'horizon crépitait et flamboyait, la nuit explosait de couleurs.

Avec Guillermo, on se tenait par la main, comme quand on était petits.

Plus violente encore que les autres, une gigantesque détonation a ébranlé le désert. La chaleur a vibré comme un tambour et jusqu'aux confins du ciel, l'obscurité s'est étoilée d'argent.

Et la nuit est retombée.

Avec Guillermo, on est restés encore un moment, éblouis et silencieux. Et sur le chemin du retour, les hommes que l'on croisait buvaient en l'honneur de la fête nationale des ranjeros.

– Je vais voir les copains, disait de plus en plus souvent Guillermo en quittant les hangars de la Chemical & Petrological Corporation.

– Quels copains?...

Mais sans un mot d'explication, il s'enfonçait dans les minuscules ruelles et disparaissait dans la foule du Calamocarro. Je revenais seule. Le père ne disait rien et M'man rentrait trop tard.

La plupart du temps, je restais éveillée jusqu'à son retour, trop inquiète pour trouver le sommeil. Belzunce suçotait son pouce et les parents dormaient profondément, l'un, exténué de travail et l'autre, abruti de ne rien faire. Guillermo ne revenait qu'au milieu de la nuit. Il se glissait dans la baraque, le pas incertain et s'écroulait sur sa couverture en ricanant. Certaines nuits, je l'entendais pouffer de rire, comme s'il n'y avait jamais rien eu de plus drôle.

Et le lendemain, il s'asseyait comme une masse au fond de la cuve que l'on nettoyait en dodelinant de la tête comme un homme ivre. Je ne disais rien et finissais le boulot toute seule en guettant Miss Perfumado du coin de l'œil.

·⁓ 10 ⁓·

Ça devait faire six ou sept semaines qu'on travaillait au fond des cuves. On avait pris le coup de main et on parvenait à en nettoyer trois par jour mais ce jour-là, je ne sais pas pourquoi, on voulait à toute force en faire quatre. On a travaillé comme des brutes et on est ressortis exténués de l'usine, avec vingt monedas en poche. Les rues de Tijuales grouillaient et la nuit était tombée depuis longtemps, chaude et venteuse. Très loin au-dessus des mesas, l'orage grondait.

— File-moi dix monedas ! a murmuré Guillermo sans me regarder.

— Mais on doit les donner à M'man ! Pour le passage...

— C'est des conneries ! On ne doit rien du tout. C'est notre travail, pas le sien ! On lui donne l'argent de deux cuves, et le reste, c'est pour nous. Elle n'en saura rien. Et demain, si on arrive encore à faire quatre cuves, ce sera pour toi !

Mon cœur cognait, ma tête bourdonnait. J'ai reculé pas à pas.

— Non. je ne veux pas... Et puis qu'est-ce que tu vas en faire?

— Passe-moi dix monedas, je te dis!

Il m'a agrippé le poignet et m'a tordu le bras dans le dos jusqu'à ce que j'ouvre la main. J'ai hurlé:

— Arrête, Llermo! Tu es fou ou quoi?...

Autour de nous, les gens nous ignoraient. Il a pris l'argent et s'est enfui avant que je me relève.

— Llermo! Llermo!...

Il était déjà loin.

Hébétée, les yeux brouillés de larmes, je me suis faufilée jusqu'à l'escalier de secours en évitant les vigiles et je suis montée pieds nus. Je serrais contre moi la cage de Miss Perfumado que j'ai posée sur le rebord du garde-fou.

— Regarde! ai-je chuchoté entre deux hoquets, là-bas, les villes dont je t'ai parlé...

Son petit œil noir pétillait de toutes les lumières de l'horizon et il s'est mis à siffler malgré la nuit.

— Toi aussi, tu trouves que c'est beau, hein...

On est restés un long moment à fixer l'autre côté de la frontière. Je pensais aux soirs de Noël, dans l'église de Santa Arena, quand chacun allumait sa bougie et que des centaines de petites flammes éclairaient la nuit. Je me suis assise, la cage de mon canari sur les genoux, et je lui ai raconté à mi-voix des trucs de mon enfance. Il penchait la tête d'un côté, puis de l'autre, comme s'il me comprenait.

— Tu vois, ce qui manque quand on monte ici, ce sont les rondelles de crotale grillé. Grandpa n'avait pas son pareil pour les préparer.

Il a hoché la tête. Une bourrasque de vent chaud a soulevé un nuage de sable et, tout au fond du désert, un grand éclair a zébré la nuit. La ronde des vigiles est passée à nos pieds. Le bout de leurs cigarettes clignotait comme un petit signal d'alarme.

— Faut pas rester là, Miss Perfumado, ai-je murmuré. On va y aller ! Peut-être que l'orage va faire rentrer Llermo plus tôt...

Soudain toutes les alarmes du Cerco se sont mises à hurler. À une centaine de mètres de moi, les batteries de projecteurs se sont toutes allumées en même temps, fouillant l'obscurité de leurs énormes yeux. Leurs faisceaux se croisaient tout près de l'endroit où j'étais tapie, paralysée, la peur vrillée au ventre. L'espace d'une seconde, j'ai cru que c'était moi qu'ils recherchaient. Je me suis tassée plus encore contre le mur. Je frissonnais, glacée malgré la chaleur. Le craquement du tonnerre a ébranlé la nuit et un éclair a claqué, illuminant le désert comme en plein jour.

— Ils sont là! a gueulé une voix.

Ça venait des miradors.

Les projecteurs se sont déplacés, piégeant soudain deux hommes dans leurs faisceaux comme des lapins dans les phares d'une voiture. Le premier avait réussi à se hisser sur le haut du mur et s'apprêtait à sauter de l'autre côté de la frontière. L'autre agrippait à pleines mains les grillages et tentait de rejoindre son compagnon.

— Première sommation. a hurlé un mégaphone. Ne bougez plus! Des agents de la police des frontières vont venir vous chercher! Il ne vous sera fait aucun mal!

Au sommet du mur, l'homme a semblé hésiter un instant. L'autre se démenait comme un diable, gagnant centimètre après centimètre. Un nouvel éclair a déchiqueté l'horizon, aussitôt suivi d'un coup de tonnerre qui a roulé d'un bout à l'autre de Calamocarro. L'air vibrait comme un gong.

— Deuxième sommation! Attention! Vous êtes en danger de mort! Ne bougez plus et attendez la police des frontières!

Le type a sauté. Les projecteurs ont aussitôt fouillé l'obscurité à sa recherche. Le flash d'un éclair a giclé, les ombres du désert se sont dressées comme une armée de fantômes et, pendant une fraction de seconde, la silhouette du fuyard est apparue. Il courait comme un fou entre les squelettes nus des acacias et les chandelles des cactus qui levaient leurs bras vers le ciel. Les projecteurs se sont braqués sur lui. L'orage a craqué, couvrant à demi les hurlements du mégaphone.

— Dernière sommation! Arrêtez immédiatement! Nous allons tirer!

L'homme filait à toutes jambes, bondissant dans les taches d'ombre, cherchant désespérément à échapper à l'éclat affolant des projecteurs. Les premières gouttes de pluie se sont écrasées dans la poussière. Tellement espacées qu'on aurait pu les compter. L'autre s'était enfin hissé sur le Cerco, prêt à sauter.

Une courte rafale d'arme automatique. À demi dressé sur le mur, l'homme a vacillé un instant avant de plonger vers le sol, la tête en avant.

De l'autre côté de la frontière, son compagnon courait toujours. Les balles traçantes fusaient tout autour de lui, soulevant de petits geysers de sable dans la lumière crue des projecteurs. Mais le type semblait insaisissable. Il multipliait les crochets, se glissait dans l'ombre des rochers, se faufilait comme un serpent... Puis, brutalement, le rythme des gouttes s'est accéléré et la pluie s'est abattue comme un déluge, traversée de craquements et d'éclairs. Les rafales des armes se sont tues.

— Ce salopard va nous échapper! a gueulé une voix dans la nuit.

Les phares des 4 X 4 de la *border patrol** se sont allumés comme des yeux de fauve. Les chiens aboyaient, excités par les cris des policiers. La pluie dégringolait si fort que j'ai à peine pu apercevoir les voitures qui s'éparpillaient dans le désert, à la poursuite de l'homme. Je l'ai imaginé qui courait, courait... droit devant lui. Droit vers les villes des ranjeros que la pluie masquait. L'orage cognait comme un forcené, j'étais trempée et Miss Perfumado, les plumes toutes gonflées, s'abritait la tête sous l'aile.

J'ai repensé à Grand-pa, à la femme aux yeux verts et aux petites bougies qu'on allumait le soir, dans l'église de Santa Arena.

— Jésus, ai-je murmuré, si Tu existes pour de vrai, fais que ce type leur échappe!

Le tonnerre a craqué. Si près que mes oreilles se sont mises à siffler. L'éclair a jailli et s'est fracassé à quelques mètres du Cerco, tout l'escalier de

* Patrouille de surveillance de la frontière.

69

secours a vibré. L'air s'est chargé d'une odeur de feu. Ce devait être la réponse du ciel.

L'orage ne s'est éloigné que vers le milieu de la nuit en abandonnant sur la ville un brouillard épais comme du coton.

Le lendemain matin, j'ai fait un détour pour passer devant le poste frontière. Sur la grande plaque de tôle, tout à côté, la dernière des croix blanches venait d'être tracée. La peinture était toute fraîche et une petite bougie brûlait, plantée dans la terre encore humide de l'orage. Mais il n'y avait qu'une croix. Une seule…

En quelques minutes, la brume s'est déchirée au-dessus du désert. Au-delà des grilles du Cerco, jusqu'à l'horizon, le sable était rouge sang. Parsemé de milliers de minuscules fleurs qui, à la faveur de la pluie, avaient poussé pendant la nuit.

— Les roses du désert, a fait une voix dans mon dos. Elles sont comme l'amour.

Je me suis retournée. Mama Yosefa gardait les yeux fixés sur l'autre côté du Cerco.

— Belles et fugitives, Adriana. Avant midi, le soleil les aura grillées jusqu'à la dernière… Il n'en restera rien. Jusqu'à la prochaine pluie, dans un an ou plus.

Un 4 X 4 de la border patrol s'est arrêté juste

devant le poste frontière. Les flics ranjeros en ont fait descendre un homme maigre, au visage tuméfié et aux mains prises dans des menottes. J'ai immédiatement reconnu le fugitif de cette nuit. Ils l'ont brutalement poussé en avant et des flics de chez nous ont pris le relais.

– Il nous a donné du fil à retordre, celui-là! Un vrai singe! On l'a cherché toute la nuit! Vous devriez le laisser au frais un bon bout de temps pour lui apprendre à rester chez lui.

– Ne t'inquiète pas, sergent, a rigolé l'un des gardes-frontière. Pour ce qui est du frais, on a ce qu'il faut!

Et ils ont entraîné l'homme vers les minuscules cellules blanches que l'on apercevait de l'autre côté des barbelés. En plein soleil.

Je pleurais. La main grassouillette de Mama Yosefa s'est posée sur mon épaule.

– Il n'y en a pas deux sur cent qui réussissent, Adriana. Je l'ai dit à ton père, mais il est plus têtu qu'une bourrique. Un clandestin qui tente de passer a moins de chance de s'en sortir qu'une rose du désert de fleurir…

Elle s'est éloignée en laissant derrière elle une odeur de tabac et je me suis demandé si Jésus existait pour de vrai.

· 11 ·

Le père a déterré la petite boîte métallique enfouie au fond de notre baraque. Voilà près de quatre mois que Mama Yosefa avait annoncé le prix d'un passage et, chaque soir, M'man et moi y mettions l'argent de la journée, mais jamais encore personne n'avait compté.

Le père l'a ouverte et a commencé à empiler les pièces une à une. Il les posait côte à côte sur la caisse qui nous servait de table. Celles d'une moneda, celles de cinq, celles de dix... Et puis aussi les deux billets de cinq cents que ma mère avait échangés auprès de son patron contre un sac plein de monnaie. Elle était revenue ce soir-là aussi fière que si elle les avait gagnés dans sa journée.

— Trois mille deux cent soixante-treize monedas, a annoncé le père à mi-voix, les yeux brillants.

Jamais il n'avait eu une telle somme devant les yeux. M'man s'est levée pour tirer un peu plus sur la bâche qui nous servait de porte.

— Et en dollars, Adriana, ça fait combien?...

J'ai griffonné mon opération sur un bout de planche. Tout le monde se taisait, même Belzunce qui devait sentir que le moment était solennel.

— Un peu plus de quatre-vingt-treize dollars, ai-je murmuré au bout d'un moment.

— Ce n'est pas possible, a grondé le père. Tu t'es trompée!

J'ai recommencé l'opération.

— Non... c'est ça. Quatre-vingt-treize dollars et cinquante et un cents.

— C'est de la folie, a murmuré M'man. On n'y arrivera jamais!

Le père se taisait dans son coin et Guillermo regardait ailleurs. Presque tous les soirs maintenant, il empochait cinq monedas sur ce qu'on avait gagné. Parfois plus, comme la première fois... Avec ce qu'il avait déjà pris, on aurait peut-être pu dépasser les cent dollars.

— Adriana, a demandé le père à mi-voix, il nous faudra combien de temps pour arriver à mille dollars?

J'avais déjà fait le calcul plusieurs fois et je

connaissais la réponse par cœur. J'ai quand même hésité avant d'annoncer:

— Six cent cinquante-sept jours.

Autant dire l'éternité. Le père s'est précipité dehors sans un mot pendant que M'man refermait la boîte pour la cacher dans son trou.

Le lendemain, au moment où on partait travailler, Guillermo a attendu d'être suffisamment loin pour que les parents ne nous entendent pas. Il m'a attrapé le bras.

— J'arrête, a-t-il fait.

— T'arrêtes quoi?

— J'arrête ce travail de merde. J'arrête de descendre au fond des cuves.

Ses yeux se perdaient loin derrière mon épaule, comme s'il parlait à une autre. Mon cœur s'est mis à cogner comme une machine.

— Mais tu ne peux pas, Llermo!... Tu ne peux pas faire ça!

J'arrivais à peine à parler. Il n'a rien répondu.

— Pense au passage... aux mille dollars...

— C'est des foutaises! On n'y arrivera jamais comme ça.

— Alors comment? Si tu as une meilleure idée, faut le dire!

Il a hoché la tête avec un petit sourire que je ne lui avais jamais vu. J'ai soudain eu l'impression qu'en face de moi, ce n'était plus Llermo, mais une sorte de reflet. Une copie... Quelqu'un d'autre.

— Peut-être bien...

Un frisson glacé a parcouru mon dos.

— Llermo, ce que tu dis, c'est... c'est en rapport avec ce que tu fais la nuit. Quand tu reviens, et que je t'entends rire tout seul?...

Le petit sourire s'accrochait toujours à ses lèvres. J'avais envie de le lui arracher.

— T'occupe pas de ça, Adriana. C'est pas tes oignons. Mais si tu dis quoi que ce soit aux parents, je te...

Il m'a serré tellement fort le bras que les larmes me sont montées aux yeux.

— Arrête Llermo... Tu me fais peur.

Il a haussé les épaules et s'est éloigné. Je l'ai vu sortir de sa poche un paquet de cigarettes américaines. Jamais je n'avais vu mon frère fumer et je savais qu'au marché noir, un paquet comme celui-là coûtait plus de trente monedas. Presque un dollar!

Don John s'est contenté de hausser les épaules lorsque je lui ai dit que Guillermo ne reviendrait plus.

— C'est toujours comme ça, a-t-il simplement dit. Viens ! Je vais te trouver quelqu'un avec qui travailler.

Josuah a laissé échapper un petit rire ébréché lorsque le ranjero lui a annoncé que dorénavant il ferait équipe avec moi.

— J'adore nettoyer les cuves avec une fille, m'a-t-il glissé avec un ricanement alors qu'on prenait le matériel et la cage de Miss Perfumado. Surtout avec une fille comme toi…

J'ai fait comme si je n'avais rien entendu. On n'était pas plutôt descendus dans la première cuve qu'il m'a enlacée en me forçant à l'embrasser sur la bouche. J'avais à la main une de ces grosses brosses métalliques avec lesquelles on grattait la rouille des cuves. J'ai frappé de toutes mes forces. Josuah a valdingué contre les parois.

— Mais t'es cinglée ! a-t-il hurlé.

Il se traînait à quatre pattes, la bouche en sang. Il a effleuré ses lèvres du bout des doigts.

— Merde, a-t-il gémi, tu m'as pété les dents.

Et dans le faisceau de la lampe, j'ai vu qu'il avait raison. Ses deux dents de devant en avaient pris un sacré coup. Avec ses incisives en biseau et ses grandes oreilles décollées, il avait tout d'un lapin. Je n'ai pas pu m'empêcher de rire.

Un coup a fait résonner la cuve.

— Alors, ça travaille, là-dedans, a braillé don John. je ne vous paye pas pour vous amuser.

— Tu vas me payer ça! a sifflé Josuah. Très cher...

·᠆ 12 ᠆·

Je me suis méfiée les premiers jours. Ici, chacun savait que Josuah était capable de tout. Et puis voyant qu'il m'ignorait, j'ai pensé que les choses en resteraient là.

Un matin, j'ai même apporté quelques-uns de ces beignets que la vieille édentée qui habitait au-dessus de nous faisait parfois frire. Pour une moneda, elle en glissait une dizaine dans un cornet de papier journal graisseux et ça nous changeait des frites froides.

— Tiens, j'ai fait. Excuse-moi pour l'autre jour. J'y suis allée un peu fort.

J'avais envie de rajouter qu'il l'avait bien mérité mais je me suis retenue. Je lui ai tendu le paquet, il est parvenu à glisser un semblant de sourire entre ses lèvres tuméfiées et s'est retourné vers le fond de la cuve. Ce n'est que lorsqu'il me l'a rendu que j'ai vu qu'il avait craché dedans.

On en est restés là.

Josuah ne m'adressait pas la parole et on passait nos journées côte à côte dans la puanteur étouffante des cuves, sans échanger un seul mot. On grattait, récurait, nettoyait, les poumons et les yeux brûlés par le toluène. On arrivait à faire cinq cuves par jour et don John était ravi, jamais aucune équipe n'avait été aussi efficace. Jamais non plus je n'avais gagné autant d'argent.

Le père avait définitivement renoncé à chercher du travail. Il s'était dégoté je ne sais où un petit poste de radio qu'il ne quittait plus et quand je rentrais le soir, je le trouvais les yeux mi-clos, l'oreille collée au poste en train d'écouter Franky Enamorado.

« *Tant que les filles auront le sourire vanille*
Et que le ciel te fera si belle
Mon cœur ne battra que pour toi,
Graziellaaaa, Grazielaaaa… »

Une cigarette achevait de se consumer au bout de ses doigts jaunis pendant que Belzunce jouait dehors, les fesses nues dans la poussière. Il ne lui avait pas fallu longtemps pour comprendre que Guillermo ne mettait plus les pieds à la Chemical & Petrological Corporation et il ne lui avait posé aucune question.

Tous les matins, le père descendait jusqu'au

Cerco et, sa petite radio collée à l'oreille, il restait des heures, en plein soleil, à regarder le trafic incessant des camions qui passaient de l'autre côté. Il observait sans bouger le travail des douaniers et de la police des frontières. Il regardait les clandestins se faire refouler à coups de botte et l'argent des pots-de-vin glisser d'une main à l'autre. À force de le voir planté là, les gardes-frontière l'avaient surnommé « *Estatua* * ».

– Un jour, je passerai de l'autre côté, leur disait parfois le père et eux rigolaient. Bien sûr, Estatua, et puis toi, au moins, on n'aura pas trop de mal à te courir après!

Le père souriait et ils lui offraient une cigarette.

C'est arrivé un soir de juin.

L'histoire des dents de Josuah datait de trois ou quatre semaines, il ne m'adressait toujours pas la parole, mais j'avais fini par me convaincre que c'était dans son caractère et qu'il s'était habitué à sa tête de lapin. Jamais il n'avait retenté le moindre geste déplacé dans l'obscurité des cuves.

C'était à l'heure où Calamocarro fourmillait de monde. L'heure où ceux qui travaillaient de jour croisaient ceux qui faisaient la nuit. L'heure

* La Statue.

où les trafiquants s'installaient à l'angle des rues. Je rentrais à la «maison». Sans trop savoir pourquoi, j'ai senti une vague inquiétude se nicher au creux de mon ventre. J'ai d'abord mis ça sur le compte du temps qui virait à l'orage, mais il y avait autre chose... Et brutalement, une sorte d'alarme a retenti en moi. Je me suis retournée d'un bloc. Ils étaient là. Josuah, et trois types plus âgés que lui et qu'il avait ramassés je ne sais où. Ils balançaient leurs battes de base-ball. J'ai tout de suite compris que c'était pour moi. Autour d'eux, la foule avait fait le vide et les passants évitaient de croiser leurs regards. Ils m'ont encerclée.

– Je te dois quelque chose, non?... a fait Josuah en me montrant ses incisives de lapin.

Ils me poussaient vers les ruelles plus désertes en tapotant doucement sur leurs battes. Autour de moi, comme d'habitude, les gens tournaient la tête et faisaient semblant de ne rien voir. À Calamocarro, sauf, bien sûr, Mama Yosefa, personne ne s'occupait des affaires des autres, c'était la règle. J'ai reculé jusqu'à buter contre des gamins qui jouaient au milieu de la rue. Ça a obligé Josuah et les trois autres à s'écarter un peu. C'était la seule chance que j'avais de leur échapper.

J'ai foncé. Droit devant moi. Comme une folle. En bousculant tout le monde. Sans me

retourner. Derrière moi, j'entendais leur caval-
cade. À peine quelques mètres nous séparaient et
ils étaient les plus rapides. Ils étaient les chiens,
j'étais leur gibier. Sans trop savoir ce que je faisais,
je me suis glissée à droite, dans un minuscule passage. Un type a surgi en scooter. Il a réussi à
m'éviter, mais je l'ai entendu s'étaler juste derrière
moi. Un coup d'œil en arrière. Il avait fauché l'un
de mes poursuivants, mais les autres n'avaient pas
l'intention de lâcher pour si peu. Au contraire! Je
me suis retrouvée dans un coin de Calamocarro
où je n'avais jamais mis les pieds, trop affolée pour
songer à me repérer. Mes tempes battaient, mes
poumons sifflaient, une crampe insupportable me
labourait le ventre. Mais je continuais à fuir, la
poitrine en feu. Tout! Tout plutôt que de tomber
entre leurs mains. Les yeux brouillés d'un voile
grisâtre, j'ai déboulé comme une folle dans une
rue gorgée de monde. Derrière moi, je n'entendais plus personne. Je me suis terrée contre un
mur, mal cachée par quelques tôles rouillées et j'ai
attendu, frémissante, secouée de haut-le-cœur.
Rien ne s'est passé.

Au bout d'une éternité, j'ai relevé la tête.
Aucune trace de Josuah ni des autres. J'ai risqué
un coup d'œil dans la rue. Personne ne faisait
attention à moi. Je ne reconnaissais rien. Jamais je

n'avais mis les pieds ici. Autour de moi, des types semblaient attendre la fin du monde, appuyés contre les murs branlants des cabanes, l'œil vague. En plein milieu un homme maigre à faire peur comptait tout haut.

— Quatre... cinq... six...

Son regard semblait suivre la course de bestioles invisibles. Son bras s'est soudain détendu et il a fait comme s'il venait d'en attraper une par la queue. Il a éclaté de rire, il n'avait plus une seule dent.

— T'as vu, mademoiselle, a-t-il fait en se tournant vers moi. C'est une grosse, celle-ci! Rien que du gibier de qualité, dans ce coin! Viens voir... Viens... Elles sont gentilles comme tout! Surtout les bleues... Et il faut leur arracher la tête comme ça.

Avec un grand cri, il a tiré sur les deux parties de son invisible bête. J'ai détourné les yeux. Il a de nouveau éclaté de rire.

— Une, a-t-il recommencé sans plus s'occuper de moi. Deux... trois...

Je n'ai fait que trois pas. C'est seulement en voyant deux types échanger un petit sachet juste sous mon nez que j'ai compris que j'avais atterri à « *Paraiso** », le coin des dealers de poudre. Un

* Le Paradis.

83

des quartiers les plus dangereux de Calamocarro.

Et soudain, je l'ai aperçu.

Guillermo était de dos, à attendre, comme les autres, mais je l'ai tout de suite reconnu. Un homme s'est approché de lui. Ils n'ont échangé que quelques mots avant que la main de Llermo ne plonge dans une fente, entre deux planches. Il en a ressorti trois sachets de poudre. Le type lui a fourré une poignée de billets dans la main et s'est enfui avec sa marchandise. Il a failli trébucher sur une fille qui somnolait, adossée à un tas de vieux pneus, les yeux vides. Une seringue encore fichée au creux du bras.

Mon frère a pris le temps de recompter son argent avant de le glisser à l'intérieur de sa veste et un nouveau client s'est avancé.

·⌐ 13 ⌐·

— Cinq mille cent quatorze monedas, a fait le père après avoir vérifié pour la dixième fois chacune des piles de monnaie.

Pendant que les parents me regardaient faire la division, Belzunce s'est approchée de la caisse. Depuis l'autre fois, personne n'avait osé recompter et on ne faisait pas attention à elle.

— Sous! a-t-elle dit. Beaucoup sous!

Et avec un grand sourire, elle a tout envoyé valser. Les pièces se sont éparpillées dans la poussière en roulant jusque sous la bâche et la claque du père a projeté Belzunce contre les planches, si fort que toute la cabane a vibré. Elle est restée un instant suffoquée avant de se mettre à hurler et de se réfugier dans les bras de M'man. On a ramassé les pièces une à une, sans rien dire, et lorsqu'on les a recomptées, il manquait dix monedas. Belzunce avait la moitié du visage en feu.

— C'est sa faute aussi, a marmonné le père. Qu'est-ce qui lui a pris de toucher à ça?...

Son visage ruisselait de sueur, ses grosses mains se nouaient et se dénouaient sans cesse. Il a fini par reculer et s'est roulé une cigarette en tremblant si fort qu'il ne parvenait pas à glisser le tabac dans le papier.

— On les retrouvera demain, avec le jour, a soufflé M'man.

Elle serrait Belzunce contre elle.

— Ça fait presque cent quarante-six dollars, j'ai murmuré en évitant le regard du père.

— Et avec la pièce de perdue?

— À peine plus...

Guillermo est entré en coup de vent et le père a bondi comme un fauve, les poings en avant, prêt à défendre chèrement les cinq mille cent quatre monedas qui restaient.

— Ah, c'est toi! a-t-il fait en se rasseyant.

On voyait si peu Guillermo, maintenant... Son blouson de cuir était neuf, avec des étoiles cloutées sur les épaules. Il a sorti une enveloppe de sa poche et l'a tendue sans regarder personne.

— Tiens!... Pour le passage.

Le père a hésité un instant avant d'en sortir une liasse épaisse. Rien que des billets de dix dollars, gris et poisseux. Il y en avait cent. Les yeux du père brillaient et nos regards allaient du blouson de cuir à l'enveloppe.

— Guillermo, a commencé M'man, je ne…

Mais le père lui a posé la main sur la bouche pour qu'elle se taise. Il a recompté les cent billets de dix dollars. Mille dollars, bon sang! Ça faisait un sacré paquet de fric et pourtant, entre les gros doigts du père, ce n'était pas si épais que je l'aurais cru. Il les a soigneusement enfermés à côté des pièces et a enterré la boîte dans sa cachette. Guillermo ne disait toujours rien.

— Je ne sais pas si je dois te remercier, a-t-il fait en regardant Llermo au fond des yeux.

Mama Yosefa s'est fendue d'un large sourire en sortant de sa poche une poignée de bonbons sur lesquels Belzunce s'est ruée.

— Voilà l'argent du passage.

Le père lui a tendu l'enveloppe et elle a extrait un gros cigare du fond de son corsage.

— Déjà! Et où as-tu pu dégoter mille dollars aussi rapidement?…

— Tout est là.

Mama Yosefa a ouvert l'enveloppe. Elle a regardé les billets sans les sortir et a porté l'argent à son nez avec une grimace.

— Ils ont une drôle d'odeur, ces billets, tu ne trouves pas, mon gars?

— Une drôle d'odeur?…

Le père roulait des yeux étonnés. Mama Yosefa a regardé Guillermo et son sourire s'est élargi de quelques centimetres

— Et toi, tu ne trouves pas qu'il pue, ce fric?... Une sale odeur que je n'aimerais pas traîner derrière moi.

Elle s'est approchée de Llermo et a reniflé son blouson de cuir.

— Ça aussi, ça pue!

Guillermo fixait ses pieds. Mama Yosefa a glissé l'enveloppe dans son corsage, a côté des cigares.

— Tu ne recomptes pas? a demandé le père.

— Non. Il y a des trucs que je préfère ne pas toucher.

— Mais c'est bon quand même?... Je veux dire, pour le passage.

— Si tu y tiens toujours, je te ferai passer. Quant à te dire si c'est bon..

— Quand?

Mama Yosefa a soufflé un nuage de fumée et Belzunce s'est attaquée à son troisième bonbon.

— Tu es donc si pressé?

— Si tu me disais de partir tout de suite, je le ferais.

— Tu oublies les risques.

— Quand peux-tu nous faire passer? s'est entêté le père.

— Après-demain. Au bas de San Stefano. Il faut que tu y sois à la nuit. Un passeur vous attendra. Venez sans bagages, sans sacs, sans rien.

— De toute façon, on a rien, a fait M'man.

— Je sais! Ceux qui ont quelque chose ne cherchent pas à traverser la frontière.

Mama Yosefa a levé ses cent vingt kilos de graisse en raflant au passage les bonbons que Belzunce n'avait pas eu le temps d'engloutir.

La veille de notre départ, j'ai attendu que les hangars soient vides pour grimper les escaliers de secours, la cage de Miss Perfumado sous le bras. La nuit tombait et on a attendu tous les deux que les villes des ranjeros se mettent à briller de tous leurs feux.

— Tu vois, Miss, demain je serai là-bas. De l'autre côté, avec des riches plein les rues, des toitures en or et des filles aux yeux verts comme des dollars.

Dressé sur son perchoir, Miss Perfumado n'a rien dit. J'ai ouvert la porte de sa cage. Il a hoché la tête et d'un minuscule bond, s'est agrippé au rebord.

— Et toi, tu seras où?

Miss s'est envolé dans la nuit, droit vers les énormes projecteurs avec lesquels les militaires pourchassaient les clandestins. Je ne pouvais pas passer le Cerco sans donner sa chance à l'oiseau qui m'avait protégée depuis des mois.

Mama Yosefa m'attendait devant les grilles.

— Fais bien attention à toi, Adriana.

— C'est si dangereux que ça?

— Ça peut l'être, mais moins — beaucoup moins — que d'autres choses. Moins que l'argent de ton frère, par exemple. Il pue la mort. Je n'aimerais pas qu'un jour, tu sentes cette même odeur. Tu mérites mieux.

Elle a sorti une poignée de bonbons de sa poche.

— Tiens, tu les donneras à ta sœur.

Elle a hésité un moment, puis s'est ravisée et les a rempochés.

— Et puis non… Ce serait peut-être gâcher la marchandise.

J'ai haussé les épaules et en m'éloignant, je l'ai entendue dépiauter un bonbon.

— Reviens me voir! Adriana Bella.

— 14 —

Guillermo n'est arrivé qu'au dernier moment. Lorsqu'il s'est aperçu que toute la famille l'attendait sur le seuil de la baraque, il a esquissé un pas de danse en éclatant de rire, les yeux allumés comme des phares. M'man s'est détournée pour ne pas le regarder.

On s'est faufilés à travers le barrio pour rejoindre San Stefano. Le père choisissait les passages les plus sombres et les *callejones** les plus désertes. À notre passage, les rats s'enfuyaient en couinant. Quelques regards s'accrochaient à nous. J'avais l'impression que tout le monde était au courant. « *Vous avez vu, ils vont passer le Cerco cette nuit. On dit que pour ça, ils ont payé mille dollars à la grosse Josefa...* »

Guillermo parlait sans arrêt. Il chuchotait des

* Ruelles.

91

trucs incompréhensibles et éclatait de rire sans se soucier de nous faire remarquer. Le père a fini par l'attraper par le col.

— Je ne sais pas ce que tu fais de tes journées, a-t-il grondé à mi-voix, et je ne veux pas le savoir, mais je suis le père, et tant que tu es avec moi, tu la boucles. Compris ?

Guillermo a ricané doucement, ses yeux papillotaient dans tous les sens. Le père a serré plus fort.

— OK, OK, cool… a fait mon frère en levant les bras.

San Stefano était l'endroit le plus désert de Calamocarro et, à part quelques types qui dormaient à même le sol, enroulés dans des bâches, le coin était vide lorsqu'on est arrivé. M'man portait Belzunce endormie. Les yeux du père ont fouillé l'obscurité, à la recherche du passeur.

— Tu ne vois pas que la grosse soit partie avec le fric ! a rigolé Guillermo. Pfuiiiit ! Mille dollars pour du vent !

J'ai cru que le père allait l'étrangler.

Tout autour de nous, Calamocarro bruissait de toute son effarante cacophonie de radios, de télés, de moteurs et de cris. Les aboiements des chiens s'entendaient jusqu'à l'horizon. Malgré la nuit, la chaleur était exaspérante. Le père s'est essuyé le front.

— Bon sang, je te jure que si elle a fait ça…

Il n'a pas eu le temps de terminer sa phrase. Un petit type a surgi de nulle part.

— Venez, a-t-il fait. On n'a pas beaucoup de temps.

On l'a suivi jusque dans une arrière-cour encombrée de poules et de moutons où il nous a désigné une vieille bétaillère rouillée.

— Voilà le carrosse.

À la lueur d'une torche électrique, il a soulevé quelques planches noires de crottes de mouton. Une cache était aménagée entre le plancher et le châssis : quelques bâches en toile à haricots et un bidon d'eau croupie.

— On ne va jamais tenir à six là-dedans ! a grommelé le père.

— Personne ne t'oblige à partir.

— Mais j'ai donné mille dollars pour…

— Tu t'attendais à quoi ?… Une Rolls ?

On s'est entassés comme on a pu, serrés les uns contre les autres, allongés dans l'odeur de suint, d'urine de mouton et d'huile de moteur. Belzunce chouinait.

— Et toi, je ne veux pas t'entendre ! a sifflé l'homme à deux doigts de son visage.

Terrorisée, elle s'est enfoui le visage entre les bras. Guillermo allait monter à son tour lorsque l'homme l'a retenu par son blouson.

— Attends, toi! Donne-moi d'abord ce tu as dans les poches!

— Mais… je n'ai rien, a bafouillé Guillermo.

— C'est comme tu le sens: ou tu vides tes poches ou tu restes là!

Guillermo hésitait. Avant qu'il ne fasse le moindre geste, le petit homme a plongé la main dans son blouson et en a ressorti cinq ou six sachets.

— Et ça, c'est pour sucrer ton café, peut-être?

— Non! Vous n'avez pas le droit! C'est juste pour moi…

— Pauvre con! Je me moque de savoir pour qui c'est. Tu peux bien en faire ce que tu veux, de ta poudre d'ange, mais figure-toi qu'à la frontière, les chiens sont dressés à renifler ces saloperies. Et je ne tiens pas à me faire serrer pour un petit crétin dans ton genre. D'ailleurs, je ne sais pas ce qui me retient de te laisser là. Partir avec un type comme toi, c'est comme de trimballer une bombe. Donne le reste! Vite!

— J'ai plus rien!

— Tu veux que j'aille y voir?

Les parents les regardaient sans un mot, le visage fermé.

– Guillermo, a juste dit M'man...

Sans un regard vers elle, il a sorti cinq nouveaux sachets que le type a jetés dans un brasero. L'homme a rabattu les planches sur nous, il a jeté une brassée de paille et a fait monter ses moutons. Il avait à peine démarré qu'une odeur écœurante a envahi notre cache, un mélange de mouton et de gasoil. Au moindre cahot, on était écrasés les uns contre les autres, projetés contre les montants métalliques, incapables de bouger...

La bétaillère a cahoté une vingtaine de minutes avant de s'arrêter. L'homme a fourgonné un moment avant de soulever les planches.

– Tassez-vous, il me faut encore de la place pour deux!

– Ce n'est pas possible, a fait le père, on va étouffer.

– Je ne te demande pas ton avis. Si tu n'es pas content, je t'empêche pas de descendre...

Deux hommes sont venus nous rejoindre, ruisselants de sueur et couverts de poussière. Et le fourgon est reparti. La chaleur était épouvantable et, au-dessus de nous, les pattes des brebis faisaient un vacarme infernal. En une seule tournée, le bidon d'eau s'est retrouvé à sec, on roulait toujours. Je ne comprenais rien à notre trajet, le poste frontière n'était qu'à quelques centaines de mètres de la Chemical & Petrological Corporation, on aurait dû l'avoir passé depuis longtemps.

– On va où? ai-je demandé à mi-voix.

Personne n'a répondu. Personne ne savait. À côté de moi, M'man berçait tout doucement Belzunce en lui chantonnant du Franky Enamorado à l'oreille.

« *T'es si jolie, Suzy*
que chaque jou-ou-our... »

Un des moutons a pissé, son urine m'a trempé la jupe au travers des planches et Guillermo s'est mis à glousser par-dessus les bêlements incessants. Un coup a soudain ébranlé notre cache.

– Vos gueules, là-dedans! On arrive au Cerco.

Chacun a retenu son souffle. Dehors, on entendait le bruit des bottes des gardes-frontière. Belzunce gémissait, M'man l'a serrée contre elle pour la faire taire. Au travers des planches mal jointes, on devinait les lueurs des projecteurs braqués sur le désert.

– Papiers du véhicule... Autorisation de transport...

Dehors, notre passeur jouait les imbéciles.

– Tout est en règle, señor *sargento**. Tu me connais depuis longtemps. Je suis un régulier.

* Sergent.

— Ça, pour te connaître, je te connais! C'est bien simple, les jours où je ne te vois pas, je m'inquiète.

— Sûr que je suis déjà passé un paquet de fois. C'est que les moutons, c'est comme les melons. De la marchandise fraîche. Ça n'attend pas! Alors je me dis, autant venir ici où on est toujours bien reçu plutôt qu'ailleurs où ils vont me faire des emmerdements à n'en plus finir... Ici, c'est comme si je revoyais de vieux amis, señor sargento.

Un chien est venu fureter. Trempée de sueur et de peur, j'entendais son halètement à travers les planches.

— Hé, señor sargento, dis à ton chien d'aller pisser ailleurs que sur mon camion.

— Il ne pisse pas, il renifle. Il déniche les clandestins.

— Ouais, a rigolé notre passeur en tirant le chien par son collier. Moi, j'ai surtout l'impression qu'il renifle mes moutons.

— Dis-moi, pourquoi est-ce que c'est toujours la nuit que tu passes? Qu'est-ce que tu as à cacher?

— Rien du tout! La Vierge Marie m'est témoin! Mais c'est à cause de la chaleur, señor sargento, à cause de la chaleur... Les moutons, ça voyage la nuit, tous les bergers savent ça. Cigarette?

Le bruit d'un briquet, puis celui des tampons qui s'abattent sur les papiers.

— Allez, file, a fait la voix du sergent. Et la prochaine fois, je te préviens, je démonte ton tacot pièce par pièce. Tu m'as l'air trop bête pour être innocent.

— Merci, señor sargento et bonne nuit! a braillé le passeur en ricanant.

Le fourgon est reparti dans un nuage de poussière et j'ai entendu le père lâcher un soupir.

— Ne te réjouis pas trop vite, a murmuré un des hommes qui était monté après nous. J'ai déjà tenté le coup deux fois. Il y a encore le poste frontière des ranjeros...

Après quelques cahots, la bétaillère s'est de nouveau immobilisée. L'éclat des miradors, le faisceau des lampes de poche, le bruit des bottes, quelques ordres lancés d'une voix rauque... Les portières qui claquent, les aboiements des chiens...

Je ne redoutais même plus les gardes-frontière ranjeros. Je n'avais qu'une peur: mourir là, asphyxiée, étouffée dans l'enfer de cette cache minable. Au-dessus de nous, écrasés par la chaleur de la nuit, les moutons eux-mêmes ne bougeaient plus.

Je ne sais pas combien de temps on est restés immobiles, hébétés, sans un geste. On osait à peine respirer, ruisselant de sueur, desséchés, le cœur au bord des lèvres. Je ne sais pas non plus comment Belzunce a fait pour ne pas hurler. Et je sais encore moins pourquoi les chiens qui furetaient autour du fourgon n'ont même pas grondé en reniflant le camion de bout en bout. Plus tard, j'ai entendu dire que l'odeur des moutons était si forte qu'elle faussait l'odorat des chiens les mieux exercés.

La bétaillère est repartie au bout d'un temps infini. Je ne sentais plus ma gorge et mes poumons me brûlaient. À côté de moi, Guillermo haletait comme une bête blessée. Même le travail au fond des cuves de la Chemical & Petrological Corporation lors des pires jours de canicule était un paradis en regard de ce qu'on vivait là.

On a roulé quelque temps sur une piste qui nous envoyait valdinguer d'un bord à l'autre du camion. Et puis, la bétaillère a brutalement obliqué sur la gauche et on a roulé en plein désert. Le passeur avait éteint les phares et il conduisait au jugé, incapable de voir les pierres ni les nids-de-poule.

— Tu crois qu'on est passé ? a demandé le père à l'un des hommes.

— On est passés. Mais on n'est pas arrivés ! Il y a encore le désert à traverser et les ranjeros y patrouillent jour et nuit.

Après, je ne me souviens plus de grand-chose. J'ai dû m'assoupir, exténuée de fatigue. À moins que je ne me sois évanouie de chaleur. C'est l'embardée du fourgon qui m'a tirée de ma torpeur. À travers les planches, le passeur a hurlé :

— Descendez ! Vite ! Dégagez ! Foutez le camp !

Il a écarté ses moutons et soulevé les planches en nous tirant par le bras pour nous faire sortir. Vers l'est, le jour se levait à peine.

— Vite ! Vite ! Sautez !

Il nous bousculait sans même nous laisser le temps d'enjamber les ridelles.

— Qu'est-ce qui se passe ? a hurlé le père.

— Ta gueule ! Saute !

Il l'a poussé et le père est tombé par terre, le bras contre un rocher. Il a hurlé de douleur mais l'homme ne s'y est pas arrêté une seconde. Il a redémarré dans un grand nuage de poussière, nous abandonnant en plein désert.

C'est à ce moment que l'hélicoptère de la border patrol a surgi au-dessus de nous.

·~ 15 ~·

La bétaillère zigzaguait comme une folle en cherchant à éviter l'hélico qui, dans un vacarme terrifiant, la survolait, à peine deux ou trois mètres au-dessus d'elle. Le mégaphone a hurlé :

— Stoppez votre moteur et sortez doucement, les mains sur la tête !

Mais le passeur a foncé. Il était la minuscule proie d'un rapace gigantesque. Impossible de lui échapper. Sa fuite était dérisoire.

— Dernière sommation : stoppez votre moteur et sortez doucement, les mains sur la tête !

L'autre n'a rien voulu savoir. J'ai hurlé au bruit de la rafale. Le capot du fourgon a explosé dans une gerbe de flammes et son nez est venu s'écraser contre un rocher. Le passeur en est sorti, hébété, alors qu'une poignée d'hommes jaillissait de l'hélico qui bourdonnait à ras du sol pour le ceinturer.

Et puis la chasse a repris. L'hélico volait si près des rochers qu'on aurait dit qu'il allait s'écraser, mais le pilote connaissait son métier et l'engin bondissait au-dessus des obstacles comme dans un jeu.

— Courez! a hurlé le père, courez!

Il maintenait son bras blessé contre lui et galopait comme un animal affolé, les yeux écarquillés par la peur. Je l'ai vu buter contre une pierre, se relever, repartir. L'hélico le frôlait, le père aurait pu le toucher rien qu'en levant le bras.

Un des hommes qui était avec nous m'a prise par le bras.

- Vite! Vite! Par ici!

Là-bas, le père courait..

— Arrêtez-vous! a braillé le mégaphone, vous n'avez aucune chance! Il ne vous sera fait aucun mal!

Mais lui continuait à fuir en nous hurlant de courir. Il gueulait si fort que sa voix couvrait presque le vacarme de l'hélico.

Avec l'homme, on a couru vers des blocs de rochers, Guillermo nous suivait. Je ne sais pas où était l'autre homme. Terrorisée, M'man serrait Belzunce à l'étouffer. Elle ne bougeait pas, comme clouée sur place. Les border guards se sont approchés d'elle. Elle n'a même pas cherché à résister. Elle est la première qu'ils ont reprise. Je crois bien que j'ai entendu Belzunce m'appeler: «Iana! Iana!...»

— Dernière sommation! a rugi le mégaphone.

C'était un mot qu'ils aimaient bien. Une nouvelle rafale a déchiqueté le petit jour. J'ai entendu un cri. C'était la voix du père!

— Ne te retourne pas, a soufflé l'homme. Continue! Continue!

Là-bas, l'hélico ne bougeait plus, figé en plein vol, le battement de ses pales envahissait le désert. On a atteint les premiers rochers. L'homme s'est faufilé entre eux comme un lézard. J'étais à bout de forces, prête à m'écrouler, les yeux noyés de larmes. Derrière moi, Guillermo soufflait comme une forge.

L'hélicoptère a repris de l'altitude, il a viré sur place et a foncé dans notre direction. On n'avait que quelques secondes.

— Là! a rugi l'homme.

Sous un rocher, le vent avait creusé une sorte de grotte. On s'est glissés dessous sans se soucier des crotales ou des scorpions et on a attendu, le cœur en folie, un goût d'écorce sèche dans la bouche, terrés comme des bêtes.

À son passage, l'hélico nous a aspergés d'une volée de sable et l'homme a doucement ricané.

— Ces imbéciles effacent nos traces!

— Nous savons où vous êtes, a vociféré le mégaphone. D'ici deux heures, il fera ici plus de quarante degrés, personne ne tient par cette chaleur. Vous n'avez aucune chance. Sortez doucement, les mains sur la tête !

On n'a pas bougé.

Au bout d'un moment, l'hélico s'est éloigné, et avec lui le mugissement du mégaphone. Il est repassé plusieurs fois au-dessus de nous. Ils avaient perdu notre trace. On se taisait.

— Vous serez grillés comme des steaks ! Crever de soif en plein désert, c'est ce que vous cherchez ? Montrez-vous !

Et puis le vacarme s'est atténué jusqu'à disparaître complètement. Le silence est retombé sur le désert en même temps que le jour se levait. On est restés un long moment sans rien dire. Devant la grotte, le soleil faisait une grosse tache de lumière.

— Je vais aller voir, a fait Guillermo au bout d'un moment.

Mais l'homme l'a retenu par la manche.

— Tu restes là. Il n'y a rien à voir que le désert. Les autres ont été repris.

Dans mes oreilles, j'avais toujours le cri du père. Je me disais que ce n'était pas possible. C'était l'autre homme qui avait crié, pas lui... Il était sûrement caché par là, tout près, dans une autre grotte. On allait se retrouver... Je me suis mise à pleurer.

— Arrête! a ordonné l'homme. On va avoir besoin de toute notre eau pour tenir. Faut pas parler, pas bouger, pas pleurer.

C'est en léchant mes larmes que je me suis aperçue à quel point j'avais soif. Au-dehors, la lumière était éblouissante. La chaleur est montée d'un cran.

— On va crever là, a gémi Guillermo.

Sa voix tremblotait.

— On va attendre la nuit. Tais-toi!

Sous nos fesses, le sable était presque frais et je me suis étendue pour en profiter au maximum, les yeux mi-clos. Le silence était hallucinant, la chaleur aussi. La soif me brûlait comme un métal chauffé au rouge. Elle m'asséchait par vagues, à chaque fois un peu plus insupportables. Le bruit d'un moteur a percé et le visage de l'homme s'est tendu.

— S'ils reviennent avec les chiens, a-t-il murmuré, on est foutus.

Le bruit s'est éloigné.

— Non... Ils ne les sortiront pas par cette chaleur.

Tout autour de nous, les pierres craquaient en se dilatant. Guillermo gigotait sans arrêt, se rongeant les ongles jusqu'au sang. Il m'a jeté un regard gris, absolument vide, et je lui ai pris la main. Il tremblait de partout.

— Ce salaud a pris ma poudre, a-t-il lâché. Je la veux!... Je la veux!...

Il a presque crié, mais le regard de l'homme a suffi à le faire taire et il s'est recroquevillé sur lui-même en grelottant comme un chien qu'on vient de frapper. On a attendu, attendu... Le soleil frappait en plein sur la roche, je ne pouvais plus parler tellement ma bouche était sèche. Ma peau était rêche comme du carton.

Il fallait attendre. Attendre... Encore, et encore.

J'ai perdu toute idée du temps et de l'heure. Ne restait que la fournaise. Et la soif qui vrillait chaque parcelle de mon corps. La douleur fusait de partout, présente jusqu'au bout des ongles. J'ai pensé qu'on allait mourir là et que dans trois mille ans peut-être, on retrouverait nos corps momifiés, comme j'avais vu dans les livres de la mission. J'aurais voulu me blottir contre M'man. J'aurais voulu sentir la petite main de Belzunce au creux de la mienne. Fallait pas que je pleure.

— Ne bougez pas, a dit l'homme. Je reviens.

Il s'est glissé dehors, sous le soleil vertical.

— Hé! Où tu vas? a crié Guillermo.

Il n'a rien répondu. Un crissement de pas sur les caillasses. Et puis plus rien.

— Il se tire, a ricané Llermo. On va crever ici...

Au bout de combien de temps est-il revenu? Quelques minutes?... Quelques heures?... Je n'en sais rien. Quand il m'a relevé la tête, j'étais loin, très loin, sur la mesa de Santa Arena, en compagnie de Grand-pa et de la femme aux yeux verts. Jamais elle n'avait été si belle.

— Tiens, a-t-il fait, bois!

Il avait déterré une espèce de grosse racine qu'il a fendue en deux avec son couteau. Elle était pleine d'une eau très fraîche, légèrement salée. J'ai bu sans me soucier de rien. Je tenais ma vie entre mes mains. Dans son coin, Guillermo pleurnichait en réclamant sa poudre. Il s'était tellement rongé les ongles que ses doigts saignaient.

Le jour a baissé et les ombres des rochers se sont distendues.

— On va y aller, a dit l'homme.

— Où ça?

— Vers le nord.

Ce sont les aboiements qui m'ont tiré de mon hébétude. Je ne sais pas depuis combien de temps on marchait, mais quand j'ai regardé autour de moi, le sol était envahi d'herbes sèches et à quelques mètres de nous, derrière des barbelés, un dogue aboyait à tue-tête, prêt à l'attaque, les babines retroussées sur les crocs. La clôture s'étendait aussi loin que la nuit permettait de voir.

— Passe-moi ton blouson, a demandé l'homme à Guillermo.

— Non... Il est à moi ! Je l'ai payé !

L'homme a sorti un couteau de sa botte et Guillermo s'est remis à pleurer comme un gosse. Le chien n'était qu'à un ou deux mètres de nous, ses aboiements se sont transformés en grondements sourds. Le bras gauche protégé par le cuir de Guillermo, l'homme s'est approché. Maintenant, le chien se taisait, les yeux fixés sur lui comme un boxeur qui se concentre avant le combat.

D'un coup de pied, l'homme a fait sauter deux rangées de barbelés et, sans un bruit, le molosse a bondi. Une première fois, ses mâchoires ont claqué dans le vide. La seconde fois, elles se sont resserrées sur le blouson, autour de son bras. J'ai crié. La main droite de l'homme a aussitôt plongé vers la gorge du chien. J'ai aperçu l'éclair de la lame et la bête a poussé un gémissement avant de lâcher prise. Elle s'est écroulée sur le sol, ses pattes ont ratissé un instant les herbes sèches et tout son corps s'est tendu dans un dernier soubresaut. Le bras de l'homme saignait aussi.

— Ils les dressent pour la chasse à l'homme, a-t-il juste dit.

On a passé les barbelés en suivant les ornières laissées par un *pick-up**. L'homme semblait connaître le chemin. Un éclat de phares a soudain troué la nuit. D'un geste il nous a poussés dans les herbes. Un gros 4×4 Chevrolet s'est arrêté à quelques mètres de nous et un type en est descendu, une arme à la main, laissant tourner son moteur.

— T-Rex! a-t-il appelé, T-Rex!

Autour de nous, le silence pesait des tonnes. Le type s'est tourné de tous les côtés, inquiet, le visage relevé comme pour humer l'air.

— T-Rex! a-t-il encore appelé en s'éloignant vers les barbelés.

Dans l'obscurité, l'homme m'a effleuré la main.

— À trois, on fonce vers la voiture, dis-le à ton frère… Un…

— T-Rex! T-Rex!

— Deux…

La voix du ranjero s est soudain étranglée :

— Bon Dieu! T-Rex!

— Trois!

On s'est engouffrés dans la Chevrolet. À toute allure, l'homme a fait demi-tour pendant que, derrière nous, l'autre tiraillait dans notre direction.

* Camionnette 4 × 4 à plateau découvert.

L'homme conduisait comme un fou, tous phares éteints, les mains crispées sur le volant. On était projetés dans tous les sens comme des balles. On a rejoint une longue route bitumée, l'homme a pris à gauche et, sans hésiter, a filé vers le nord.

·– 16 –·

J'ai fini par dégoter sous le siège arrière deux
bouteilles d'eau qu'on a bues jusqu'à la dernière
goutte. Recroquevillé dans son coin, Guillermo
claquait des dents, les yeux mi-clos. On roulait.
Sans croiser personne. La nuit nous enveloppait,
brûlante, secouée jusqu'à l'horizon de grands
éclairs de chaleur.

– Elles sont encore loin, les villes des ranjeros?

L'homme a haussé les épaules sans répondre.

Il a réglé la climatisation au maximum et, le
front contre la vitre, j'ai fermé les yeux. Les
visages ont défilé, ceux des parents, la bouille
ronde de Belzunce et celle, ravinée, de Grand-
pa... Je repensais à Santa Arena. Ça allait être difficile de se retrouver, maintenant, surtout avec
Guillermo qui était si bizarre. Je n'avais même
plus la force de pleurer.

– Merde! a soudain craché l'homme.

Droit devant nous, une rangée de phares éclaboussait la nuit. Sans hésiter, l'homme a engagé la

Chevrolet sur le côté et a foncé droit devant, sans se soucier des pierres qui raclaient contre le châssis. Il a stoppé net derrière un gros rocher et a coupé le moteur.

Sur la route, les pick-up de la border patrol avançaient lentement, fouillant l'obscurité de leurs gros phares. Ils se rapprochaient. Je pouvais maintenant lire leurs plaque d'immatriculation, entendre les voix des hommes et le brouhaha des radios CB. Le faisceau de l'un des projecteurs s'est attardé sur le rocher, projetant jusque dans notre dos d'immenses ombres. La main de Guillermo vibrait comme un chaton. Le halo lumineux se décalait peu à peu vers nous, s'arrêtant sur chaque recoin, scrutant chaque fissure de la roche. Des nuées d'insectes voletaient dans sa lumière crue et, lorsqu'un gros oiseau de nuit s'est enfui silencieusement, à quelques mètres de nous, je me suis mordu les lèvres pour ne pas crier. On retenait notre souffle. Le projecteur a effleuré le visage de l'homme qui n'a pas bougé, il n'est passé qu'à quelques centimètres de la Chevrolet, puis s'est éloigné en furetant dans les moindres recoins de la nuit. On est restés encore un long moment parfaitement immobiles, à attendre que les pick-up s'éloignent. Lorsque leurs phares ont disparu derrière un repli de terrain, je tremblais si fort que l'homme a dû me soutenir.

On roulait depuis moins d'une demi-heure lorsque j'ai aperçu les villes lumières. Ça n'a d'abord été qu'un frisson sur l'horizon, et puis de gigantesques enseignes bleues et rouges se sont mises à palpiter. Le nez collé au pare-brise, j'écarquillais les yeux, incapable de prononcer le moindre mot. J'entendais Grand-pa : «*Regarde, Adriana, les toits de leurs maisons sont en or, et leurs rues sont pavées d'argent. On raconte que les hommes gagnent en un jour ce que personne ne gagne ici en une vie...*» Mais avec l'obscurité, c'était difficile de voir l'or des toits.

– Tu as vu, Guillermo ? On y est ! On arrive... Tu te rappelles quand on regardait toutes ces lumières d'en haut, avec Grand-pa.

Il s'est contenté de ricaner. J'ai regardé l'homme.

– Vous croyez vraiment que les pavés sont en argent ?

Il m'a regardé d'un air ahuri.

– Qu'est-ce que c'est que cette histoire ?

– Grand-pa disait toujours que les rues des ranjeros étaient pavées en argent.

Il a haussé les épaules. Il roulait doucement et le jour se levait, secoué de grandes rafales de vent qui soulevaient des nuages de poussière. De part et d'autre, la route était maintenant bordée de maisons. De vraies maisons, pas des cahutes de tôle et de carton, comme à Calamocarro. Des maisons de béton, de brique et de bois...

Moi, j'écarquillais les yeux, à la recherche des toits en or, des pavés d'argent et des rivières de diamants. Je m'attendais à voir des palais et de la richesse partout mais on ne traversait que de grandes rues monotones semées d'enseignes lumineuses qui clignotaient et des panneaux Coca-Cola. Comme si la beauté de ce qu'on voyait du haut de la mesa s'était éteinte en arrivant ici.

L'homme a tourné dans une petite rue.

– On ne va pas plus loin avec la voiture, a-t-il dit en se garant.

Je suis descendue. C'était la première fois que je posais le pied au pays des ranjeros. Du bout de ma semelle, j'ai gratté la poussière, des fois que l'argent se serait trouvé en dessous. Mais ce n'était que du bitume.

Pour la première fois, j'ai pensé que Grand-pa m'avait peut-être menti et on a pris la direction du centre ville.

·~ 17 ~·

— *Deprisa! Deprisa!**

Dans les rues, la circulation se faisait plus dense. Les gens partaient au travail, les gamins s'engouffraient dans de gros bus scolaires jaunes et des types en cravate arpentaient les trottoirs, le *Wall Street Journal* sous le bras. Les yeux de l'homme furetaient dans tous les coins, comme si le danger pouvait surgir de n'importe où. Je m'attachais à ses pas comme une mécanique, à bout de forces. Trop exténuée pour comprendre.

— On va où?... Je voudrais m'arrêter...

— Plus tard! Je connais quelqu'un ici! On y est presque.

On a traversé un quartier de grandes maisons blanches avec des jardins comme des parcs, des jeux de gosses au milieu des pelouses et de belles voitures alignées le long des trottoirs. Derrière nous, Guillermo gémissait à chaque pas.

* Vite! Vite!

Avec nos gueules trop foncées et nos vêtements poussiéreux, on était aussi repérables que des cafards sur une table de restaurant. Un type qui arrosait sa pelouse avant la chaleur nous a regardés passer sans un mot. Son regard nous a harponnés, et lorsque j'ai risqué un coup d'œil en arrière, il avait disparu sans même prendre le temps de fermer le robinet. Je l'ai tout de suite imaginé en train d'appeler le poste de police le plus proche.

Je n'avais pas tort. Le hurlement d'une sirène a soudain retenti, se rapprochant de nous de seconde en seconde. D'un geste, l'homme nous a plaqués dans un renfoncement et on s'est recroquevillés derrière des containers de poubelles. La voiture de police a viré à l'angle de la rue et les flics ont lentement remonté le long du trottoir, guettant le moindre signe de notre présence derrière leurs lunettes noires. L'homme haletait, le visage couvert de sueur, les yeux mi-clos. Au moment où ils sont passés devant nous au ralenti, les battements de mon cœur devaient s'entendre de l'autre côté de la rue. Les flics se sont arrêtés quelques maisons plus loin, ils ont discuté un moment avec l'arroseur avant de reprendre leur ronde. On a attendu que leur voiture disparaisse avant de se redresser.

— Deprisa! a soufflé l'homme.

Il marchait si vite que je devais courir pour rester à sa hauteur. Derrière nous Llermo peinait. Il titubait comme un homme ivre, les yeux vagues et un filet de bave aux lèvres.

– Attendez! Mon frère ne peut pas suivre... S'il vous plaît.

– Ton frère! a grondé l'homme, ton frère... On aurait dû le laisser là-bas, ton frère, les border guards auraient bien fini par mettre la main dessus.

L'homme a pris une rue sur la droite et on a brutalement débouché dans une zone d'immeubles délabrés, aux trottoirs jonchés de canettes et de papiers. L'air sentait un mélange de graisse, de café et d'essence. Des gamins jouaient dehors, pieds nus et nageant dans leurs fringues trop grandes. Il a poussé la porte d'une bâtisse taguée jusqu'au toit et on a grimpé les marches d'un escalier pisseux. Troisième étage. Porte de droite. Il a sonné et on est restés à attendre, le souffle court.

Un bruit de pas, et puis plus rien.

– Amanda! a murmuré l'homme. Amanda! Ouvre! C'est moi...

Quelqu'un observait par l'œilleton. La serrure a cliqueté et la porte s'est entrouverte, retenue par une grosse chaîne.

– Amanda, c'est fini, a fait une voix de femme. Tu ne peux pas rester! En ce moment, les flics ratissent le quartier, ils passent au moins dix fois par semaine. Ils vérifient tout et... et ceux-là, d'où ils sortent?

Elle nous a désignés d'un coup de menton. Dans la pénombre, on la distinguait à peine, mais à sa voix, elle devait être encore très jeune.

— J'ai traversé avec eux. Leurs parents se sont fait reprendre et on a passé la journée et la nuit en plein désert. Ils sont à bout de forces. Garde-les jusqu'à ce soir, s'il te plaît. Pas plus, c'est promis! D'ici là, j'aurai trouvé quelque chose.

Elle a secoué la tête.

— Non! Trop risqué.

Elle a voulu refermer la porte, mais l'homme a glissé son pied.

— Tiens! a-t-il fait en sortant un paquet de dollars crasseux de la doublure de sa veste. C'est tout ce que j'ai...

La femme a compté avant de fourrer les billets dans son peignoir.

— Si t'es pas là à cinq heures, je les fous à la porte.

Et elle a ôté la chaîne pour nous laisser entrer. L'homme m'a souri mais j'étais trop exténuée pour songer à le remercier. Je ne comprenais pas pourquoi il faisait ça.

– Mettez-vous là! a fait la femme. Et je ne veux pas vous entendre. Personne ne doit se douter que vous êtes là.

Elle a débarrassé un vieux matelas des vêtements qui traînaient dessus. Llermo s'y est abattu sans un mot et je me suis laissée tomber à côté de lui. Je lui tenais la main. Il grelottait de fièvre et jetait tout autour de lui des regards éperdus. Je n'en pouvais plus. J'aurais voulu dormir des siècles. Dormir et oublier. Mais dès que je sentais le sommeil venir, les regards affolés de M'man et de Belzunce lorsque les border guards s'étaient approchés d'elles revenaient, je sursautais et j'entendais le cri que le père avait poussé dans le désert. J'ai fini par garder les yeux ouverts. La femme avait allumé une cigarette et nous regardait fixement.

– Il a quoi, ton frère?

– Il... il est malade.

Elle a haussé les épaules.

– Malade! Tu me prends pour une idiote... Dis plutôt qu'il n'a pas sa dose! C'est un camé, hein...

J'aurais voulu lui dire que non, mais les mots ne sont pas venus. Je n'ai rien répondu. Guillermo semblait ne même pas entendre ce qu'elle disait de lui. Il frissonnait malgré la chaleur et répétait à mi-voix des choses que je ne comprenais pas.

— Je te préviens, a ajouté la femme, si ton frère ne se tient pas tranquille, je vous fous tous les deux à la porte. Je ne veux plus d'ennuis. Avec personne !... Tu devrais essayer de dormir, maintenant.

Elle a baissé le store tout déglingué et la gigantesque pub de film placardée de l'autre côté de la rue a peu à peu disparu :

FUITE ÉPERDUE,
UN THRILLER AFFOLANT AVEC
ROSE ANDERSEN

Sur l'affiche, l'actrice avait ces extraordinaires yeux verts dont parlait Grand-pa.

J'ai fini par m'endormir.

·~ 18 ~·

Je me suis réveillée en sursaut, trempée de sueur, avec la sensation d'avoir dormi des heures. Il faisait une chaleur à mourir et la soif me brûlait la gorge. Autour de moi, rien qu'une pénombre épaisse, trouée par les éclats de lumière aveuglants qui filtraient à travers les trous des stores. Je ne reconnaissais rien et il m'a fallu un moment pour me rappeler où j'étais. L'appartement était terriblement silencieux. Guillermo! J'ai étendu la main à côté de moi. Sa place était vide! Je me suis redressée d'un bond.

— Llermo! Llermo! T'es là?...

Ma voix râpait comme du papier de verre. Pas de réponse.

À tâtons, j'ai cherché la poignée de la porte. Rien ne bougeait. Le couloir sentait la cigarette et la poussière. Dans la cuisine, l'évier était encombré de vaisselle sale et lorsque j'ai voulu prendre un verre, un petit scorpion jaune s'est réfugié à toute allure sous une pile d'assiettes. J'ai bu à même l'embout, et la fraîcheur de l'eau s'est glissée en moi comme une lame de glace.

– Llermo! Réponds!…

Le ventre noué, j'ai poussé une autre porte. Au pied d'un lit défait, une télé était allumée, le son coupé. Par terre, le réveil indiquait cinq heures moins vingt. Les deux pièces de l'appartement étaient vides. Pas de trace de Llermo, ni de la femme. Pas de trace non plus de l'homme qui nous avait aidés.

Je suis restée un moment à me tordre les mains, la tête vide. Deux ou trois fois, j'ai murmuré les noms de M'man et Belzunce, comme une prière, comme si ça pouvait suffire à les faire surgir, là, devant moi. Comme s'il était possible de revenir en arrière. Rien que de penser à elles, le vertige me prenait. L'impression terrifiante de tomber comme une pierre dans un puits sans fond. Je me suis retenue au mur. Tout tournait autour de moi. Je ne savais plus ce que je faisais ici. Tout s'emmêlait, Calamocarro, Mama Yosefa, notre fuite hallucinante dans le désert…

Au-dehors, le hurlement d'une sirène de police a brutalement crevé le silence. Je me suis approchée de la fenêtre pour regarder à travers les lamelles des stores.

Une vingtaine de flics avaient barré la rue aux deux bouts, ils contrôlaient tout le monde. D'où j'étais, j'entendais leurs voix.

– Papiers, s'il vous plaît !

Sur le trottoir d'en face, un jeune type s'est terré dans l'ombre. Rien qu'à ses mains crispées contre le mur, je devinais sa peur. C'est alors que j'ai aperçu l'homme de la frontière. Il a débouché au coin de la rue et, d'un coup d'œil, a compris la situation, mais il était déjà trop tard pour reculer. Un policier lui a fait signe d'attendre. Son regard affolé a glissé jusqu'à la fenêtre et je me suis reculée, comme si d'en bas, les flics avaient pu me voir.

– Papiers, s'il vous plaît !

Le premier de la file a tendu son permis de séjour. En règle. Il est passé et tous ont avancé d'un pas. Je me suis mordu les lèvres jusqu'au sang.

– Papiers, s'il vous plaît !

Plus que trois avant l'homme. Il a esquissé un pas sur le côté en faisant un petit geste lamentable de la main, comme s'il se souvenait soudain qu'il avait oublié quelque chose d'important, mais le flic lui a fait signe de se ranger. De nouveau, il a regardé la fenêtre. Je lui ai adressé un minuscule geste qu'il n'a pas pu voir et je me suis mise à espérer qu'il se passerait quelque chose qui détournerait l'attention des policiers. Ça ne pouvait pas se terminer comme ça… J'avais l'impression de le connaître depuis des jours et des jours. J'ai cherché une des prières qu'on disait à l'église de Santa Arena. Il y était question d'amour, de grâce et de se voir exaucé, mais je n'ai pu me souvenir de rien. J'avais un écœurant goût de sang dans la bouche.

— Papiers, s'il vous plaît?

L'homme a regardé le flic, comme s'il ne comprenait pas.

— Vous avez vos papiers? a répété le flic.

L'homme a haussé les épaules du geste de quelqu'un qui ne voit pas ce qu'on peut bien attendre de lui.

— *¿Tienes documentos?*

Le poing de l'homme a jailli, le policier s'est écroulé et l'homme s'est mis à courir comme un fou. Tout mon corps s'est tendu comme un arc. L'homme n'a fait que quelques mètres en faisant tomber des poubelles derrière lui pour gêner ses poursuivants, mais deux flics ont brutalement surgi devant lui et l'ont cravaté. Il est tombé comme une masse sur le sol. Sans un cri. Les autres lui ont menotté les chevilles et les poignets et l'ont tiré contre le mur. L'homme fermait les yeux. Je pleurais, j'aurais voulu qu'il me regarde.

Sur le mur d'en face, Rose Andersen, la fille de la grande affiche de cinéma, fixait la scène de ses incroyables yeux verts.

Je pleurais quand les policiers ont brutalement poussé l'homme dans un fourgon. Je me suis rendu compte que je ne connaissais même pas son nom.

La porte de l'appartement a claqué.

– Alors, c'est intéressant?... Tu as vu comment ça se passe, un contrôle? Pfuiiiit. Piégé le bonhomme. Et en plus, il a flanqué une baffe à un flic! Ici, ils n'aiment pas trop.

– Je ne sais même pas comment il s'appelle, ai-je hoqueté.

– Moi non plus.

Je l'ai regardée sans comprendre.

– Mais lui, il connaissait votre nom, il vous a appelée Amanda.

La fille a souri.

– C'est un nom de code, du temps où j'aidais les clandestins à passer. Pour tout le monde, j'étais « Amanda », mais jamais je n'ai demandé leur nom à ceux qui passaient par cet appartement. Lui, il a a dû tenter deux ou trois fois le passage, il se souvenait du coin. C'est pour ça qu'il est revenu.

Certains l'ont tenté plus de dix fois. Et ils se sont fait reprendre. Mais c'est fini tout ça, maintenant. «Amanda», c'est terminé… Où est ton frère?

— Llermo!… Mais il n'est pas là. Je croyais qu'il était avec vous!

Les yeux de la fille se sont durcis.

— Pas là! Tu veux dire que tu ne sais pas où il est?

J'ai secoué la tête. Elle s'est précipitée dans sa chambre et s'est mise à fouiller comme une furie sous son lit, dans les tiroirs… Elle rejetait tout en vrac derrière elle. Elle a fini par dénicher sous un placard une petite boîte en osier tressé qu'elle a ouverte.

— Le petit salaud, a-t-elle fait en se relevant, le visage écarlate. Le petit fumier! Il m'a tout piqué! Tout!

Je la regardais, pétrifiée.

— Et tout ça pour acheter sa saloperie de poudre! Et toi, bien sûr, t'as rien vu, rien entendu!

J'ai secoué la tête et la claque qu'elle m'a mise m'a envoyée valser contre le mur.

— Où est-ce qu'il est passé? Tu vas me le dire, oui!

Elle levait la main, prête à me frapper de nouveau. Ma lèvre saignait.

— Je sais pas… Je sais pas…

Sa main s'est abaissée, elle a fouillé au fond de son sac pour sortir une cigarette. Elle tremblait tellement qu'elle n'a pas réussi à l'allumer tout de suite. On est restées sans prononcer un mot pendant tout le temps qu'elle a fumé. Je n'osais pas me relever.

— Tu sais faire quoi de tes dix doigts? a-t-elle finalement demandé d'une voix blanche.

Je l'ai regardée sans comprendre.

— Merde! Qu'est-ce que tu sais faire à part me regarder comme une idiote? Réponds!

— Je ne sais pas, moi. Un peu de tout. À Santa Arena, j'aidais le père aux champs…

— C'est ça! Et tu t'imagines peut-être qu'ici tu vas labourer les trottoirs!

Je n'avais rien à répondre.

— Ton frère m'a piqué près de quatre mille dollars! Toutes mes économies! Et tout ça, pour acheter sa saleté de poudre! Je suis une imbécile. J'aurais tout de suite dû me méfier de petits salopiots de clandestins comme vous! Quand je pense que je vous ai laissés tout seuls dans l'appartement.

Elle a rallumé une cigarette.

— Je n'ai que toi sous la main… Alors tu vas payer pour lui! Tout rembourser. Jusqu'au dernier cent. Quatre mille dollars que tu me dois ! Dès demain, je te trouve du travail.

– Du travail ! Vous voulez dire du vrai travail ?…

– Évidemment, du vrai travail ! Et crois-moi, je ne te lâcherai pas…

Je ne sais pas si elle a compris pourquoi je souriais à travers mes larmes. Du travail !… Chez nous, à Santa Arena, tout le monde en cherchait ! Du travail de l'autre côté de la frontière ! Le père en aurait pleuré de joie.

Je me suis redressée et la lumière qui passait au travers des stores s'est mise à tourbillonner devant moi comme un manège. Je me suis agrippée à une chaise.

– Je crois que je n'ai pas mangé depuis longtemps…

Le lendemain, «Amanda» m'a prêté quelques
vêtements. Pas grand-chose. Un pantalon et un
T-shirt, mais c'était la première fois. Je veux dire
la première fois que je portais des fringues qui ne
sortaient pas des poubelles de M'man. Je n'arrivais pas à me décrocher du miroir et elle a dû me
pousser dans sa vieille Chrysler. Pendant le trajet,
ni elle ni moi n'avons reparlé de Guillermo ou de
ce qui s'était passé la veille, mais quand j'ai vu
qu'on prenait la direction du sud, je lui ai jeté un
coup d'œil anxieux.

— Ne t'inquiète pas! Je ne te ramène pas à la
frontière. Tu me dois quatre mille dollars!

Les dernières maisons ont disparu dans la
poussière et on a traversé un bout de désert
jusqu'à ce qu'un immense bâtiment de verre et
de béton surgisse à l'horizon. Un panneau géant
scintillait en plein soleil: Next Dream Studios.
Les parkings étaient encombrés de centaines de
voitures et les affiches du film *Fuite éperdue* étaient

placardées jusqu'en face des kilomètres de désert qui nous séparaient de la frontière.

– C'est là que je vais travailler?

La fille n'a pas répondu. Elle a poussé la porte d'entrée du personnel, les vigiles lui ont adressé un petit signe de la main et je l'ai suivie dans un dédale de couloirs climatisés comme au pôle Nord. Une armée de gens travaillaient devant des ordinateurs ou se déplaçaient avec des piles de dossiers sous le bras, un téléphone collé à l'oreille. Où qu'on passe, on ne pouvait échapper aux yeux verts de Rose Andersen, placardés sur chaque mur, sur chaque porte et jusque sur les distributeurs de Coca.

On s'est arrêtées devant une porte: «Régisseuse» et la fille a inspiré un grand coup avant d'entrer. L'espace d'une demi-seconde, une femme blonde s'est donné la peine de lever les yeux sur nous avant de se replonger dans la lecture des papiers qui traînaient sur son bureau.

– Tiens, Luisa... Qu'est-ce que tu fais là? C'est ton jour de repos aujourd'hui, non?

Luisa... C'était moins classe que Amanda.

Elle avait perdu toute son assurance et osait à peine regarder la femme qui, de l'autre côté de son bureau, continuait à lire comme si on n'existait pas.

— Oui..., bien sûr, mais je suis venue pour autre chose. Je peux vous parler?...

— Si c'est pour une augmentation, c'est non. Si c'est pour autre chose, j'ai exactement trois minutes avant la réunion de programmation.

— Je voulais savoir si... L'autre jour, vous avez dit que la fille qui faisait le ménage des loges était partie. Vous avez déjà trouvé une remplaçante?

— C'est pour toi?

— Non, non... Moi, mon boulot ici me convient très bien. C'est pour ma cousine... Elle vient juste d'arriver et...

— Clandestine, la cousine? a coupé la régisseuse d'un coup d'œil par-dessus ses demi-lunes.

— Non! Non! Elle vient juste me rendre visite... Mais bien sûr, si elle pouvait trouver du travail ici, ça lui permettrait de... de rester. Alors je me suis dit que...

Le portable de la femme blonde a sonné. Elle s'est levée pour répondre en s'appuyant contre une baie vitrée. Elle tripotait sans arrêt ses lunettes, les ôtait, les remettait, en mâchonnait les branches... De l'autre côté des vitrages, sous le soleil du désert, un petit jardin intérieur débordait de verdure et de fontaines. Elle a raccroché et m'a fixée droit dans les yeux.

131

– On ne t'a jamais dit que tu avais de la chance, toi?... Le tournage d'*Alerte rouge* est avancé d'une semaine. J'ai besoin de quelqu'un qui commence tout de suite. Puisque tu es là, je te prends, mais je te préviens, on aura ici les meilleurs acteurs du moment et je ne veux pas d'emmerdements. Alors au moindre problème, tu repasses la frontière. C'est compris? Pour le reste, Luisa va t'emmener au secrétariat et la vieille Samilla t'expliquera ce qu'on attend de toi.

Et elle s'est éloignée avec une pile de dossiers sous le bras.

Je suis restée un moment sans bouger. Éberluée. Non... Jamais personne ne m'avait dit que j'avais de la chance.

Peut-être parce que c'était la première fois...

Tout au fond du couloir, derrière les portes vitrées, les panneaux géants du film *Fuite Éperdue* dominaient le désert.

On a croisé une fille avec de longs cheveux noirs et des lunettes de soleil, accompagnée d'un garde du corps qui devait se pencher pour passer sous les portes.

– Tu l'as reconnue? a chuchoté Luisa.

J'ai secoué la tête.

– C'était Rose Andersen.

·⌐ 20 ⌐·

Je ne sais pas si j'ai fait autre chose que travailler pendant les mois qui ont suivi. Je ne me souviens même pas d'avoir dormi.

Je n'avais aucune nouvelle de Llermo, aucune nouvelle non plus des parents et de Belzunce. Mais de là-bas, de l'autre côté de la frontière, qui aurait pu m'en donner?...

À vrai dire, je n'avais pas le temps d'y penser. Je travaillais. Parfois, je me souvenais de leurs visages ou de leurs voix. Je revoyais M'man quand elle chantonnait en même temps que Franky Enamorado et je me demandais si on se reverrait un jour. Mais je préférais ne pas imaginer la réponse. Parfois aussi, je revoyais le visage de l'homme qui nous avait aidés. Tout se mêlait et la douleur sourde que je sentais naître au creux de mon ventre me donnait envie de pleurer. Et puis tout s'effaçait. Comme si un pan entier de ma vie disparaissait et s'enfonçait peu à peu dans une sorte de brouillard.

Luisa était standardiste à la Next Dream. Elle travaillait dans un bâtiment à l'opposé des loges et des plateaux de tournage. Je ne la croisais jamais mais j'étais «logée» chez elle, sur le matelas où avec Llermo nous avions échoué le premier soir. Sur les sept cent cinquante dollars que je touchais chaque mois, elle m'en prenait trois cents pour le remboursement de ce que Llermo avait volé et près de quatre cents pour ce qu'elle appelait le «gîte et le couvert».

Autant dire qu'il ne me restait rien. Et pourtant, je travaillais comme une brute.

Mes journées se passaient à faire le ménage des loges des acteurs qui tournaient pour les Next Dream Studios. Je voyais défiler les plus célèbres. Les Tom Lanson, les Scott Henders ou les Hannah Glenford... Je rangeais leur linge, je vidais leurs cendriers, je lavais leurs verres, je secouais leurs tapis et, les jours de vent, j'essuyais le sable rouge du désert qui se déposait sur leurs fenêtres.

Au fil des semaines, j'ai appris à connaître les exigences de chacun. Il fallait astiquer à fond la loge de Lisa Devitt après chacun de ses passages, et ne rien toucher dans celle de Pete Harrison où chaque objet devait garder sa place exacte. Je changeais trois fois par jour la litière de Tiger, le chat persan de Carol MacLean, et je jetais − « discrètement, petite» − les innombrables bouteilles de whisky que Frank Robinson buvait glacé dans sa loge.

Je les croisais tous les jours dans les couloirs. Eux ne me voyaient pas.

À leurs yeux, j'étais à peu près aussi insignifiante qu'une poignée de porte, un distributeur de glaçons ou la serviette avec laquelle ils s'essuyaient en sortant de leur douche. Une serviette que j'avais changée et une douche que j'avais nettoyée.

La plupart du temps, après les tournages, je restais une partie de la nuit, pour faire ce que la régisseuse appelait «le grand ménage» de chacune des loges. Mais j'aimais ce moment où, hormis quelques lointains vigiles, j'étais seule dans les locaux de la Next Dream. J'ouvrais grand les fenêtres et je laissais les parfums brûlants du désert envahir les couloirs climatisés des studios. Souvent, je finissais si tard que je préférais dormir sur place, dans la loge de tel ou tel.

Et, lorsque je me décidais quand même à revenir en pleine nuit chez Luisa, je tombais parfois sur un contrôle de flics.

− Papiers, s'il vous plaît!

Je leur tendais mon autorisation de séjour. En règle.

Et je repartais en pensant au père.

On en était au onzième jour du tournage de *Feu de glace*. Une superproduction de science-fiction pour laquelle il avait fallu reconstituer tout un paysage de banquise alors que dehors, la température flirtait avec les 40 °C. Avec la vieille Samilla qui me donnait parfois un coup de main lorsque toutes les loges étaient occupées, on venait de finir notre service du matin et, comme d'habitude, on s'est installées dans un coin du plateau. De là, on pouvait tout voir et personne ne faisait attention à nous. Entre deux prises, une maquilleuse et une coiffeuse «retouchaient» Rose Andersen.

— Tu retires tes lentilles deux minutes s'il te plaît, a demandé la maquilleuse à l'actrice, il faut que je te reprenne les cils.

Rose Andersen s'est penchée quelques secondes en avant et lorsqu'elle s'est redressée, ses fascinants yeux verts étaient devenus noirs. J'ai laissé échapper un cri.

— Samilla, tu as vu ses yeux!... Les yeux de Rose Andersen...

— Eh bien qu'est-ce qu'ils ont ses yeux?

— Mais tu vois bien! Ils ne sont pas verts!

— Tu es naïve à ce point, Adriana? a souri Samilla. Tu ne t'es jamais demandé d'où cette fille brune et au teint aussi mat tenait l'émeraude de ses yeux?... Et tu ne t'es jamais demandé d'où venait son accent?

— Je ne comprends pas.

— Tu es bien la seule, ici, à ne pas savoir d'où sort la belle et riche Rose Andersen.

— D'où ça?

— Mais de l'autre côté de la frontière, tout simplement. Comme toi et moi.

— De l'autre côté de...

J'ai regardé Samilla pour vérifier qu'elle ne se moquait pas de moi.

— Je t'assure que c'est vrai, Adriana. Où est-ce que j'aurais été chercher une histoire pareille?... Jusqu'à maintenant, Rose a eu un peu plus de chance que nous, je te l'accorde. Mais c'est la seule différence... avec sa paire de lentilles, bien sûr.

— Mais Rose Andersen, ça n'a jamais été un nom de chez nous!

— Ça n'a jamais été le sien, non plus. Rose Andersen s'appelle Anita Sanchez.

Les plateaux se sont vidés un peu avant la nuit La vieille Samilla est rentrée chez elle et je suis restée seule à finir le ménage des loges. J'ai terminé par celle de Rose Andersen, la plus luxueuse de toutes, avec un jacuzzi, un salon privé et une pièce de réception. Il était près de deux heures du matin et la chaleur était étouffante. J'ai tiré les rideaux au cas improbable où les vigiles seraient passés. Ils se contentaient généralement d'une ronde ou deux par nuit et, le reste du temps, restaient avachis devant des films de karaté. L'air était encore chargé du parfum qu'elle utilisait. Une petite bouteille pyramidale: «L'Eau d'Issey».

J'ai rapidement fouillé ses tiroirs, sans rien trouver d'autre qu'une boîte contenant une paire de petites rondelles vertes. Des lentilles de rechange capables de transformer Anita Sanchez en Rose Andersen. Au moment où je le refermais, une photo est tombée: une ribambelle de mômes, pieds nus, encadrés par un homme grave et une grosse femme. Derrière eux, un de ces paysages secs et poussiéreux comme on n'en trouve que de l'autre côté de la frontière. J'ai scruté ces visages cuits par le soleil... l'un d'eux devait être celui de Rose.

Je me suis demandé si, elle aussi, avait vécu dans les bidonvilles de Calamocarro. Si elle avait déjà récuré les cuves de la Chemical & Petrological Corporation. Ou si elle avait passé la frontière allongée dans la pisse de moutons...

Sa penderie débordait de robes. Presque toutes semblables. Les seules avec lesquelles on voyait Miss Andersen sur les photos des magazines. De ces robes noires et décolletées qui la mettaient si bien en valeur. J'ai ôté ma blouse de femme de ménage, je me suis glissée dans l'une d'elles et je suis restée à me regarder devant le grand miroir en pied de la salle de bains. Cheveux dénoués. Comme Rose Andersen.

J'ai déposé quelques gouttes d'Eau d'Issey sur ma nuque. Tant que j'y étais, j'aurais bien essayé les lentilles. Juste pour voir. Mais je ne savais pas les mettre.

J'ai allumé la radio en sourdine.

« *T'es si jolie, ma Suzy-y-y*
qu'il ne se passe pas un jou-our
sans que je pense à l'amou-our
après lequel je cou-ours
depuis tou-oujou-ou-ours. »

Franky Enamorado ! Dans sa loge, Rose Andersen écoutait Radio Sonrisa, comme ceux du barrio ! Mais peut-être que dans ces moments-là, elle s'appelait plutôt Anita Sanchez... Alors doucement, j'ai commencé à danser dans sa robe, en me regardant dans la glace.

139

Jusqu'à ce soir-là, jamais je n'avais pensé que je pouvais être belle.

J'ai terminé le ménage et je me suis endormie, couchée en chien de fusil sur le grand lit de Rose Andersen.

C'est devenu une habitude.

Tard le soir, je terminais le ménage des loges et, au lieu de rentrer dormir sur le matelas poussiéreux que Luisa me louait quatre cents dollars par mois, je m'enfermais dans la loge de Rose Andersen, je passais l'une de ses robes, je dénouais mes cheveux, je me parfumais et je dansais sur les rengaines de Radio Sonrisa.

Parfois, un orage sec éclatait sur le désert. Le tonnerre claquait à en faire vibrer les vitres des Next Dream Studios et, dans les flashs éblouissants des éclairs, le miroir de Miss Andersen me renvoyait son image.

J'étais Rose Andersen.

·⁓ 21 ⁓·

On était le 24 juin. Le vent avait soufflé du sud pendant toute la nuit et la journée qui débutait promettait d'être une des plus chaudes de l'année. Sur les plateaux, l'atmosphère était plutôt électrique.

Rose Andersen devait tourner toute une série de scènes d'action en compagnie d'un cascadeur. On ne parlait que de ça dans les couloirs de la Next Dream et Samilla, qui était toujours au courant de tout, assurait qu'une bonne part de la campagne publicitaire du film se ferait sur le fait que l'actrice avait joué en personne chacune de ces séquences. Sans doublure.

— Mais enfin merde! a explosé Engelman, le réalisateur. Tu t'es engagée par contrat à tourner toutes ces scènes et maintenant, tu nous fais un caprice de gamine!

— Ce n'est pas un caprice, Ron! Personne ne m'a dit au moment de la signature que je risquerais ma peau à faire des machins de cinglé!

— Mais Rose, bon sang! Qui a dit que tu risquais ta peau? Essaie un peu de comprendre! Ce type est un cas-ca-deur. C'est son métier de traverser des rideaux de feu à moto, de se balancer du haut de tours de cent mètres de haut et de faire ce genre de truc! Il fait ça dix fois par jour et rentre chez lui, le soir, peinard comme un fonctionnaire des impôts. Tout ce que tu as à faire c'est de te laisser guider et...

— Et s'il rate son coup?

— Il ne le ratera pas. Il est payé pour réussir.

— C'est une réponse idiote!

— Mais enfin, Rose, il te faut combien de millions de dollars pour que tu acceptes?

— Zéro! Je ne tiens pas à être payée pour finir sous une moto en feu! Trouve une doublure.

— Et merde! J'espère que tu te rends compte qu'on perd toute une journée de tournage à cause de toi! Et peut-être plus si on ne trouve personne.

— M'en fous!

Rose Andersen lui a tourné le dos et est partie s'enfermer dans sa loge. Projecteurs éteints et caméras au repos, le plateau ressemblait à un cimetière.

J'étais arrivée pile au moment de l'engueulade. Et la phrase de la régisseuse, quelques mois plus tôt a soudain resurgi : «On ne t'a jamais dit que tu avais de la chance, toi?...»

Sans trop savoir ce que je faisais, les joues en feu, j'ai ôté ma blouse de femme de ménage et je me suis dirigée vers la maquilleuse de Rose Andersen. Ma tête bourdonnait comme une ruche.

— Et moi? ai-je dit.

Elle s'est retournée.

— Quoi, toi?

— Je pensais que... que... je pourrais... Enfin, je lui ressemble pas mal... Non?

La fille a d'abord haussé les épaules. Et puis elle m'a regardée.

— Attends un peu, a-t-elle fait en me prenant par le bras. Laisse-toi faire...

Elle a dénoué mes cheveux, m'a observée sous toutes les coutures, m'a fait tourner. Un profil... L'autre...

— Bon sang, Ron! Tu vois cette fille?

Engelman s'est approché, les yeux plissés. Il a eu une petite moue.

— Mais regarde-la! Il n'y a presque rien à faire! Tu n'auras même pas à te donner le mal d'éviter les gros plans. Cette fille, c'est Rose Andersen en personne!

Engelman paraissait toujours sceptique.

— Laisse-nous un peu de temps, a fait la maquilleuse.

— Autant que tu veux. Au point où on en est...

Je suis ressortie du studio de maquillage une demi-heure plus tard et le brouhaha des conversations s'est brutalement arrêté. Tous les yeux étaient fixés sur moi.

— Marche jusqu'au bout du plateau et fais demi-tour, m'a soufflé la maquilleuse. Et surtout, ne fais pas attention aux regards. Comme s'ils n'existaient pas. Dis-toi que tu es seule...

Facile à dire ! J'ai fermé un instant les yeux, surprise de ne même pas être gênée par les lentilles. Quand je les ai rouverts, les autres flottaient dans une sorte de brouillard. J'ai avancé. Je fredonnais du Franky Enamorado.

« *Tant que les filles auront le sourire vanille*
et que le ciel te fera si belle,
mon cœur ne battra que pour toi. »

— Incroyable ! a éructé Engelman avant même mon demi-tour.

Il tournait autour de moi comme un gros bourdon.

— Tu nous sauves la mise, petite. Tu sais ce que j'attends de toi... euh...

— Adriana.

— OK pour Adriana! Alors tu sais ce que j'attends de toi, Adri?

J'ai fait demi-tour.

— « *Tout ce que tu as à faire, c'est de te laisser guider.* » C'est ça?... Vous l'avez dit tout à l'heure.

— Je crois qu'on va s'entendre.

La maquilleuse a tenu à faire une retouche avant les bouts d'essai. Dans le miroir, en face de moi, c'était le regard vert de Rose Andersen qui m'observait.

Le soir même, j'ai signé un contrat avec l'agent de la star. Pour cinq cents dollars par jour de tournage, j'étais désormais la doublure officielle de Rose Andersen. Avec deux interdictions absolues :

1. Ne jamais parler de mon rôle, surtout aux journalistes.

« *De toute façon, personne ne te croirait...* » a-t-il ajouté avec un petit sourire entendu.

2. Ne jamais porter les mêmes lentilles qu'elle en dehors des plateaux.

— Pour une fille comme toi, c'est un bon début, mais ne te fais pas trop d'illusions, tout le monde ne peut pas être Rose Andersen...

Pendant huit jours, je n'ai pas quitté les studios de la Next Dream. La nuit, je faisais le ménage et le jour, les scènes d'action. La nuit, les serpillières, les éponges et le ronflement des aspirateurs. Le jour, le feu des projecteurs, le cuir des cascadeurs et le rugissement de la moto qui jaillissait d'un rideau de flammes.

Engelman m'a payée dès le dernier soir de tournage. J'ai filé jusqu'à l'appartement de Luisa. Je lui devais encore pas mal d'argent et elle a paru soulagée de me revoir.

— Je te dois combien ?

— Ben... Comme d'habitude. Trois cents pour ton frère et quatre cents pour le gîte et le couvert.

— Non. Je te dois combien en tout ?

Elle a posé sa cigarette et m'a regardée par-dessus la télé allumée.

— Deux mille deux cents dollars pour ton frère, plus le loyer de ce mois. Pourquoi ?

J'ai posé deux mille six cents dollars sur le rebord de l'évier qui débordait toujours de vaisselle sale et je suis partie.

Tout ce que j'avais tenait dans un petit sac.

De la chambre que j'ai louée en ville, je pouvais apercevoir le gigantesque panneau des Next Dream Studios au-dessus du désert.

·⁓ 22 ⁓·

Fin juillet, Ron Engelman m'a invitée à la fête de fin de tournage, mais Rose Andersen a fait savoir que si je venais, il faudrait se passer d'elle.

Le choix de Ron a été vite fait et, de la fenêtre de ma chambre, j'ai assisté au feu d'artifice que le producteur a fait tirer en son honneur. Malgré la chaleur étouffante des nuits d'été, les rues étaient noires de monde et les gens restaient bouche bée, le nez en l'air, leur canette de bière ou de Coca glacée à la main. L'air vibrait d'explosions sourdes et les panaches des fusées illuminaient le désert comme en plein jour.

Le souvenir de cet autre feu d'artifice qu'on avait regardé, un soir, avec Guillermo est remonté comme une bulle à la surface de l'eau. C'était le jour de la fête nationale des ranjeros, on s'était faufilé tout en haut des escaliers rouillés de la Chemical & Petrological Corporation, c'était d'une splendeur à couper le souffle et j'avais la trouille de me faire pincer par les vigiles. J'aurais été incapable de dire si cela remontait à quelques mois, ou à quelques années.

Llermo…

C'était la première fois que je repensais à lui depuis bien longtemps. La première fois aussi que je me demandais s'il était encore vivant. J'avais entendu dire que ceux qui touchaient à la poudre d'ange, ne serait-ce qu'une fois, ne faisaient pas de vieux os..

La sale petite douleur qui me tenaillait parfois le ventre lorsque je repensais à ma vie d'avant s'est doucement réveillée alors que je la croyais endormie depuis des semaines. Je l'ai sentie se faufiler en moi, tenace et lancinante.

Elle me faisait penser à ces gros termites qui s'attaquaient aux charpentes de Santa Arena. Pendant des années, personne ne s'apercevait de rien, on croyait les poutres solides et, d'un coup, tout s'écroulait. Mais je n'étais plus la même. Je n'étais pas prête à m'écrouler. J'ai gardé l'œil sec.

Le ciel s'est soudain embrasé jusqu'à l'horizon dans un déluge de bruit et de lumière. Du haut de la mesa, le bouquet final devait être grandiose.

Le silence est retombé sur le désert. Dehors, l'air avait la même odeur qu'à Santa Arena, les soirs d'été, mais j'avais oublié le goût des rondelles de crotale grillées.

J'ai pris la route des Next Dream Studios au volant de la vieille Pontiac que je venais de m'acheter pour quatre cents dollars. Je suis arrivée un peu avant deux heures, alors que les derniers invités repartaient. La régisseuse avait exigé que toutes les traces de la fête soient effacées pour le lendemain où débutait le tournage d'un nouveau film.

J'ai passé ma blouse et, au moment où je commençais la première loge, Rose Andersen est sortie de la sienne. De l'extrémité du couloir, elle m'a adressé un signe et est venue vers moi, le pas mal assuré, un vague sourire aux lèvres.

— Salut, Adri… Tu m'en veux pas, j'espère, pour ce soir… mais tu comprends, c'était toi ou moi!… Et comme ça ne pouvait pas être toi!

Elle s'est mise à rire.

— Enfin, je t'ai laissé une bouteille de champagne dans la loge. C'est tout pour toi! Tu peux boire à ma santé jusqu'à la dernière bulle! *Ciao bella!*

Elle s'est retournée.

— Bill! Bill! Oh merde… Où est-ce qu'il est encore passé, celui-là?…

Son garde du corps est arrivé et je l'ai regardée s'éloigner, accrochée à son bras.

Elle avait vidé sa loge de toutes ses robes. J'ai ouvert la bouteille de champagne et j'ai tout versé dans la douche. Je n'avais rien à fêter.

.- 23 -.

Feu de glace est sorti en septembre.

Mon nom figurait au générique en lettres minuscules, juste avant celui des accessoiristes.

Je suis rentrée à pied, la tête vide. La Pontiac me coûtait si cher en essence que j'évitais de la prendre en ville.

Le vent du sud s'est levé, la chaleur de la nuit est devenue étouffante et, en quelques minutes, les rues se sont vidées. Personne ne se risquait hors des appartements climatisés. Les trottoirs étaient déserts et les conducteurs filaient sans s'arrêter, pressés de rentrer chez eux.

J'aurais dû faire attention…

J'ai soudain eu la sensation que, depuis la sortie du cinéma, quelqu'un me suivait. Une sorte de bruit de pas furtif dans mon dos. Je me suis retournée. Le vent secouait les réverbères et les ombres s'agitaient dans tous les sens. La rue était vide et pourtant… Je suis restée un moment, le souffle court, à scruter la nuit. Je sentais un regard posé sur moi. Quelqu'un était là, à quelques mètres, à m'épier. Malgré la canicule, un filet de peur glacée m'a inondé le dos.

Je me serais giflée de ne pas avoir pris la voiture.

Je suis repartie, tous les muscles tendus, attentive à chacun des bruits de la nuit. Le frôlement des pas a aussitôt repris. Un type me suivait, j'en étais certaine, maintenant. Il n'y a qu'un homme pour suivre une femme dans la nuit. J'ai accéléré. Il en a fait autant. Il ne me restait que quelques centaines de mètres avant d'arriver à mon meublé. Le bout du monde! Des gyrophares ont éclaboussé les façades et une voiture de police s'est pointée au carrefour. J'ai eu le temps d'apercevoir une longue silhouette décharnée se terrer dans une entrée d'immeuble. Masquée par l'obscurité. Je me suis précipitée pour faire signe aux flics de s'arrêter. Mais ils sont passés en trombe. N'ont rien vu. Ou n'ont rien voulu voir. L'homme est sorti de sa cachette, j'ai couru droit devant moi, mon trousseau de clés serré dans la main droite. Ma seule arme.

— Adriana!... Attends!... C'est moi!

Cette voix!

Il n'était qu'à quelques pas, appuyé contre un réverbère, hors d'haleine, plié en deux par une quinte de toux. La lumière tombait sur lui. Un visage gris, creusé, des yeux cernés de fatigue, des doigts crasseux, jaunis par les cigarettes. Il s'est approché, le pas incertain. Je ne bougeais pas, clouée sur place. Je n'avais qu'à tendre la main pour effleurer son vieux blouson de cuir, aux étoiles arrachées. Son T-shirt troué proclamait «*Jésus t'aime*»...

— Adriana...

Une voix éraillée, méconnaissable. Moi, je ne pouvais pas parler.

— Adriana...

J'aurais tout donné pour ne pas le reconnaître. Je ne voulais pas.

— J'ai tellement changé?...

Une rafale a soulevé un nuage de poussière, je me suis caché le visage entre les mains et lorsque j'ai rouvert les yeux, il était tout proche, à tenter de sourire. Je me suis couvert la bouche pour ne pas hurler.

— Je peux venir chez toi?... Juste un peu. Je ne resterai pas.

Comme quand nous étions gamins, j'ai glissé ma main dans celle de Llermo, moite de sueur. Il claquait des dents et tremblait comme en plein hiver. On ne s'est pas dit un mot.

Je l'ai laissé sous la douche, le temps d'aller

chercher des pizzas chez Hopper, à l'angle de la rue. Quand je suis remontée, il y avait sur la table une seringue et un minuscule sachet de poudre. J'ai hurlé en lâchant les boîtes.

— Llermo! Mais qu'est-ce que tu fais?

Il a haussé les épaules, un sale sourire sur les lèvres.

— T'occupe, Adriana. C'est juste que tu arrives trop tôt. Deux minutes trop tôt...

Il a versé un peu de poudre dans une petite cuillère et l'a chauffée à la flamme de son briquet. Les minuscules cristaux blancs fondaient comme de la glace. Il a rempli la seringue. Je me suis agrippée à son bras

— Non, Llermo! Non! Je veux pas! Je veux pas que tu... que tu fasses ça!

Je le secouais de toutes mes forces, comme pour le réveiller. Il m'a repoussée. La chaise a basculé, Llermo est tombé en arrière et sa seringue lui a échappé. Elle a roulé sous la cuisinière.

— Merde! a-t-il rugi. Si elle est pétée, je te jure que...

Il s'est précipité à quatre pattes, le visage labouré de tics, pour tenter de la récupérer. Il respirait par saccades, comme un vieux chien. Et moi, de toutes mes forces, je tambourinais sur son dos avec mes poings.

— N'y touche pas Llermo! Je t'en supplie, touche pas à cette saloperie!

Il n'écoutait rien et se démenait, le bras à moitié glissé sous la cuisinière pour récupérer sa seringue. Il pleurnichait comme un gosse, de la bave plein les lèvres.

— Fous-moi la paix! Je la veux!

Il s'est relevé, hagard, le visage gris. Ses yeux exorbités furetaient de tous les côtés.

— C'est ta faute, tout ça! Iana. C'est le père qui t'envoie, hein?... C'est ça! Mais personne ne m'aura! Personne!... Regarde! Je peux me défendre, tu sais!

Il a entrouvert son blouson. La crosse d'un revolver pointait.

— Arrête, Llermo, ai-je haleté. Tu ne sais plus ce que tu fais.

Avec une violence inouïe, il m'a projetée contre le mur. Je suis tombée à genoux. Un coup de pied dans le ventre m'a coupé le souffle. L'air me manquait, j'étouffais comme un poisson hors de l'eau. Il a basculé la cuisinière en arrachant le tuyau de gaz et s'est jeté sur sa seringue.

Le gaz sifflait dans la cuisine. Lui ne s'apercevait de rien. Je me suis traînée pour fermer le robinet. Il tentait de serrer un garrot au-dessus de son coude.

— Mais aide-moi! Bon sang! Tu vois bien que...

Il a fini par le nouer avec les dents, la bouche tordue dans un spasme, les yeux papillotant. En tremblant, il a cherché la veine et a approché la seringue de son bras.

— Llermo... Llermo... Je t'en supplie...

J'aurais voulu que le monde disparaisse et que les pas de Llermo n'aient jamais recroisé les miens. J'aurais voulu qu'il soit mort. J'ai fermé les yeux. Llermo a poussé un soupir et le temps s'est arrêté.

— Tu vois, a-t-il murmuré au bout d'un long moment, je suis bien, maintenant... Je n'ai plus mal.

Je gardais toujours les yeux fermés. Il s'est mis à rire. De ce même rire qu'à Calamocarro, lorsque les hommes de Mama Yosefa avaient démoli notre baraque. Dans un éclair, j'ai compris que ce jour-là, pour la première fois, il avait goûté à la poudre d'ange. À l'époque, je n'avais rien vu. Rien compris. Je ne savais même pas que ça existait.

— Ça ne te fait pas plaisir de savoir que je suis bien?... Tu t'en fous, c'est ça?

— Tais-toi, Llermo, s'il te plaît. Tais-toi...

Il a recommencé à rire.

— Des fois, j'ai l'impression que t'existes même pas. Ouaip... Ça doit être ça. T'existes pas, Iana. Peut-être même que rien n'existe... Rien du tout...

Il est parti dans un grand éclat de rire silencieux qui s'est éteint de lui-même, par petits soubresauts.

Je me suis obligée à rouvrir les yeux. Llermo était étendu par terre, une petite tache de sang au creux du coude. Il marmonnait des suites de mots incompréhensibles et souriait aux anges. Je l'ai appelé doucement, en lui prenant la main, mais il avait raison. Pour lui, je n'existais plus. Il était dans un autre monde...

La crosse de son revolver dépassait. En me mordant les joues jusqu'au sang, je l'ai tiré de sa ceinture. Jamais je n'avais tenu d'arme. Celle-là pesait dans ma main comme du plomb. Je ne savais pas si elle était chargée ou non. Impossible de la jeter dans le vide-ordures, chaque matin, le gardien fouillait les poubelles pour récupérer ce qui en valait le coup. Alors je l'ai glissée sous mon matelas, le plus loin possible.

Et je me suis étendue par terre, à côté de Llermo. Les yeux grands ouverts.

Dehors, le vent soufflait en rafales brûlantes et les ampoules des réverbères se balançaient en projetant de grandes ombres sur les murs. Quelque part dans la rue, un store claquait à toute volée.

Vers le milieu de la nuit, Llermo s'est levé. Je ne dormais pas, je n'ai pas bougé.

Il a bu à même le robinet. Sa longue silhouette se confondait avec la pénombre. Il a allumé une cigarette en tremblotant. Les yeux mi-clos, j'observais chacun de ses gestes. Du pied, il a effleuré la cuisinière renversée et la chaise cassée avant de revenir s'asseoir à côté de moi.

— C'est moi, qui ai mis tout ce bazar, hein...
Je n'ai pas répondu.

— Fais pas semblant de dormir, Iana, a-t-il lâché dans un petit soupir amusé, je connais tous tes coups par cœur. À Santa Arena, tu faisais pareil quand le père se mettait en colère. Tu te rappelles... Mais avec lui, ça marchait!

J'ai souri.

— C'est bien que tu te souviennes de trucs d'avant.

— Des fois, c'est bien, et souvent, c'est moche. La plupart du temps, j'aimerais juste être une pierre. Pas bouger, pas penser, rien sentir...

Il a allumé une nouvelle cigarette au mégot de l'ancienne.

— Je vais te laisser, Iana. Pas te déranger plus

longtemps. Je voudrais juste te demander... te demander si des fois, tu pourrais pas me passer un peu d'argent. J'en dois à des copains... Je ne peux pas faire autrement.

À la lumière des réverbères, sa fumée dessinait un petit nuage.

— Tu mens, Llermo. C'est pas des copains.

— Ouaip, t'as raison. C'est pas des copains... Sont pires que des chiens. Mais tu sais, quand on n'est pas réglo avec eux, ils sont capables de tout. Même du pire. Et je leur dois un bon paquet de dollars.

— Pourquoi t'achètes de cette saloperie ?

Il a secoué la tête.

— Tu ne sais pas comment c'est, toi. Une fois que t'y as goûté, t'es prêt à tout pour recommencer. Plus rien ne compte. Plus personne. Tu ne t'occupes plus que de ça... Jour et nuit.

— Je ne veux plus te voir comme ça, Llermo. Je vais t'aider. Trouver des gens pour que tu t'en sortes. Ça existe.

— J'ai besoin d'argent, Iana... Tout de suite.

Il se tordait les mains.

— Je ne veux pas que mon argent passe dans ta poudre.

Il s'est redressé, la voix tendue, soudain agressive.

— Tu n'as pas le choix, Iana. Ou sinon, ils vont me buter. Et cette fois, ils me rateront pas. Je leur dois trop!... C'est ça que tu veux?

— Non, Llermo. Je veux juste t'aider. Si tu restes ici, personne ne te trouvera.

Il m'a jeté un regard haineux, le visage soudain ravagé par une rafale de tics.

— Tu t'en fous, hein! C'est ça? T'es devenue pire que les ranjeros. Tu as un travail, des papiers en règle, un appartement, alors le reste... Mais moi, je peux crever comme un chien au pied de chez toi, tu ne bougeras pas le petit doigt.

Il a écarté le pan de son blouson, à la recherche de son arme.

— Merde! Iana, mon flingue! T'as pas fait ça! T'as pas fait ça! Tu n'imagines pas de quoi ils sont capables. J'en ai besoin! Faut que je me défende! Sinon...

Le visage décomposé, il fouillait dans chacune de ses poches. Son affolement avait quelque chose de terrifiant. Je lui ai posé la main sur le bras. Il s'est dégagé pour se réfugier dans un angle de la pièce.

— Tu leur dois combien?

— Combien peux-tu me prêter?

— Non, je ne marche pas comme ça, Llermo.

— Ils vont me faire la peau... Cent cinquante dollars, je crois bien.

J'ai sorti ce qui restait de l'enveloppe de Ron : deux cents dollars. Il a émis un petit sifflement.

— On dirait que ça marche pour toi, Iana. Tu en as encore beaucoup comme ça en réserve ?

Son excitation de tout à l'heure était oubliée. Les yeux brillants, il tendait la main vers les billets, mais je les ai fourrés dans ma poche.

— Je t'accompagne.

— Mais t'es cinglée, Iana. Je te dis, ils sont capables de tout !

— Je t'accompagne, et je te ramène ici après. Maintenant qu'on s'est retrouvés, je veux que tu arrêtes.

— OK, OK ! J'arrête, Iana. J'arrête. Mais laisse-moi y aller seul... Et j'arrête la semaine prochaine.

— Non, Llermo. Tu arrêtes aujourd'hui. On paie ces salauds, tu ne leur devras plus rien et je t'emmène voir un médecin.

·⌣ 24 ⌣·

Le vent secouait les tôles des hangars de la gare
routière en soulevant d'épais nuages de poussière.

— Arrête-toi là, a murmuré Guillermo.
Laisse-moi y aller seul.

Sa voix grelottait d'inquiétude.

J'ai garé la Pontiac à distance. Sous les halos
orangés des projecteurs, quelques silhouettes dis-
crètes longeaient les murs, d'autres se renco-
gnaient dans l'ombre des gros cars Greyhound
encore stationnés sur le parking. À la nuit tombée, le quartier de la gare devenait le lieu de tous
les trafics. Tout pouvait s'y acheter: la poudre
d'ange, bien sûr, mais aussi des voitures volées,
des bijoux, des ordinateurs, des faux papiers...
Postés le long de l'avenue, une poignée de gamins
faisaient le guet. À la moindre alerte, le coin se
vidait en quelques secondes et les policiers, toutes
sirènes hurlantes, déboulaient dans un désert. Et
au matin, lorsque les phares du premier car pour
San Bernardo perçaient, les petits truands s'éva-

161

nouissaient comme par enchantement pour laisser place aux voyageurs.

— Je t'accompagne, Llermo. Je ne veux pas te laisser.

· C'est de la folie, de venir ici sans flingue… On va se…

Une rafale a secoué la voiture, emportant la fin de sa phrase. Guillermo s'est approché d'un grand type noir, engoncé dans un anorak malgré la chaleur hallucinante.

— Tu sais où je peux trouver *El Liebre**?

Du menton, l'homme a indiqué les entrepôts, à l'autre bout des parkings.

'- Passe-moi l'argent, a insisté Llermo, et attends-moi à la voiture. C'est mieux que j'y aille seul…

Il ruisselait, les yeux écarquillés de peur. Je suis passée devant lui et j'ai continué. Un homme attendait, assis sur un bidon. Il s'est tourné vers nous en nous entendant, l'ombre masquait son visage. Guillermo s'est avancé.

— Tiens, te voilà, toi! a fait l'homme. J'espère que tu as de quoi payer, sinon… tu connais le tarif.

— J'ai tout, El Liebre.

— Et elle, a continué l'homme, elle vient aussi pour acheter?

* Le lièvre.

Guillermo s'est essuyé le front.

- Elle... elle m'accompagne.

El Liebre s'est tu quelques secondes. La flamme d'un briquet a jailli, puis la pointe rouge d'une cigarette et l'odeur épaisse de la ganja.

– On s'est déjà vus, non?... a-t-il fini par demander.

C'est à moi qu'il s'adressait. Il est sorti de l'ombre. Un visage tout en pointe, avec de grandes oreilles décollées et des incisives cassées en biseau. Une vraie tête de lapin. Ou de lièvre. Il n'avait pas volé son surnom.

J'ai étouffé un cri.

– Josuah!

En un éclair, je me suis souvenue de ce coup que je lui avais balancé en plein visage, alors qu'on faisait équipe au fond des cuves de la Chemical & Petrological Corporation.

– Il n'y a plus de Josuah, ma belle. Ici, je suis El Liebre. Jamais les flics ne m'ont pincé. Trop rapide pour eux! Tu vois, je n'ai pas tellement changé... Juste de boulot. Je gagne pas mal ma vie, maintenant.

Il s'est éventé avec une liasse de billets.

– Alors comme ça, c'est toi qui paies la poudre de ton petit frère?... C'est beau, l'esprit de famille!

Il parlait comme un caïd, mais ne devait pas avoir plus de seize ans. Il a tendu la main. J'ai sorti mes deux billets de cent dollars et les yeux de Josuah se sont allumés.

— Ouahhh! Mademoiselle a de gros moyens! Je suis sûr qu'on va finir par s'entendre, tous les deux.

Et il les a empochés.

— Mais... mais je ne te devais que cent cinquante dollars, a murmuré Llermo, la voix enfiévrée.

— Et alors?

— Et alors... ma sœur t'en a donné, euh...

— Les bons comptes font les bons amis, et la belle Adriana me devait aussi quelque chose, a-t-il fait en effleurant du doigt ses dents cassées. Pas vrai?

La main d'El Liebre s'est posée sur ma joue, j'ai reculé d'un bond.

Il a sorti de sa poche une poignée de sachets qu'il a tendus vers Guillermo.

— Tiens! Profites-en, c'est ta sœur qui régale!

— Non! ai-je hurlé en envoyant valser les sachets. C'est fini, maintenant! Llermo arrête. Il n'en veut plus, de ta saloperie, Josuah! Il l'a promis.

Pendant une éternité, personne n'a bougé. Ni Llermo, ni moi, ni El Liebre. Les quelques revendeurs qui avaient observé la scène de loin se sont approchés en silence.

— Ramasse ! a ordonné El Liebre d'une voix glaciale.

Impossible de savoir s'il s'adressait à Llermo ou à moi. Je n'ai pas bougé, Guillermo s'est baissé. Ses yeux papillotaient, écarquillés de frousse. Je voulais l'entraîner vers la voiture, mais lui, à genoux dans la poussière, ramassait les sachets en pleurnichant.

— Fallait pas faire ça, Iana. Pas faire ça...

Sa voix grimpait vers les aigus, aiguillonnée par la panique qui s'emparait de lui. Il a rendu sa marchandise à Josuah.

— Il y a un peu trop de témoins pour que je m'occupe tout de suite de toi, Adriana, a fait El Liebre en exhibant ses dents cassées, pourtant ce n'est pas l'envie qui me manque... Et puis ce serait un mauvais calcul. Maintenant que ton frère t'a retrouvée, il est sûr d'avoir quelqu'un pour payer sa poudre. Et moi, je sais auprès de qui me faire rembourser ses dettes.

— Il n'y aura plus de dettes. Il va arrêter, je te dis ! C'est fini, tout ça !

El Liebre a éclaté de rire.

— Arrêter ! Tu ne sais pas de quoi tu parles. Ils veulent tous arrêter ! Tous ! Mais heureusement pour moi, il n'y en a pas deux sur cent qui réussissent.

«*Pas deux sur cent*»... Exactement les mêmes mots que Mama Yosefa avait employés lorsque le père lui avait parlé de son projet de passer la frontière.

Mais moi, j'avais réussi.

Vers l'est, le jour se levait, une mince ligne blanche au-dessus du désert. Comme s'ils obéissaient à un signal, tous les petits trafiquants se sont évaporés.

– À bientôt, ma belle, a soufflé Josuah en m'effleurant les lèvres. À très bientôt...

Il s'est glissé dans le petit jour et les phares du car de San Bernardo ont éclairé l'entrée du parking.

·⁓ 25 ⁓·

Quatre jours… Llermo a tenu quatre jours…

Tantôt il était comme fou. Incontrôlable. À hurler comme un loup. Tantôt, je le retrouvais abattu. Recroquevillé sur lui-même. À grelotter comme un chien sous la pluie.

– Laisse-moi y aller, Adriana! Laisse-moi revoir El Liebre. Rien qu'une fois! Et après, j'arrêterai… Promis!

Il allumait cigarette sur cigarette et bégayait comme jamais, les yeux exorbités, maigre à faire peur.

– J'ai mal, Adriana! Mal… Laisse-moi…

Je partais travailler en l'enfermant comme un fauve en cage. Mais à peine dans l'escalier, je m'effondrais. En quelques heures, j'étais devenue le bourreau de mon frère.

À quoi pouvaient mener tant de souffrances? Je n'osais même plus me poser la question. Je n'étais sûre que d'une chose: seuls, nous n'arriverions à rien. Je n'ai trouvé personne pour nous aider. Où que j'aille, la même question revenait encore et encore :

– Votre frère est-il en règle ?

Je baissais les yeux. Non, évidemment.. Llermo n'était qu'un clandestin, un sans-papiers... Au pays des ranjeros, il n'existait pas.

– Alors nous ne pouvons rien pour lui, mademoiselle.

Le seul endroit prêt à l'accepter était la Blue Valley Property, une clinique privée, sur la route de la frontière. Un coin de paradis en bordure du désert, planté d'arbres et parsemé de fontaines. Un lieu peint de couleurs fraîches où les malades en cure de désintoxication étaient appelés des « hôtes ». La secrétaire m'a tendu leurs tarifs avec un petit sourire engageant.

Le prix de la journée dépassait de trente dollars ce que je gagnais par mois.

Lorsque je suis rentrée de la Next Dream, le soir du quatrième jour, tout s'est passé en quelques secondes. Llermo m'attendait derrière la porte. J'ai à peine eu le temps d'entrer qu'il s'est précipité sur moi. Le coup qu'il m'a donné m'a sciée de douleur, ma tête a heurté l'angle de la porte. Il a arraché mon sac et s'est enfui en dévalant les escaliers quatre à quatre.

Je me suis relevée, haletante, du sang sur mon corsage. J'ai chancelé. Tout se brouillait.

– Llermo! Llermo!

Le temps de descendre l'escalier, marche après marche, en titubant, accrochée à la rampe comme à une bouée et, au pied de l'immeuble, la rue était déserte. Dans la chambre, le revolver n'était plus sous le matelas.

Deux jours plus tard, j'ai retrouvé mon sac devant la porte. Vide. Avec juste quelques mots griffonnés au crayon et presque illisibles.

«Pardonne-moi, Adriana. Je n'en pouvais plus.»

J'ai à peine osé m'avouer que j'étais soulagée que ça se termine comme ça.

Et pourtant, par la suite, à plusieurs reprises, en sortant des Next Dream Studios, je me suis risquée jusqu'à la gare routière dans l'espoir de l'y retrouver.

Chaque fois, je me suis heurtée à la loi du silence. Personne ne connaissait Llermo. Pas plus qu'El Liebre. Les entrepôts où l'on s'était rencontrés étaient hantés par les ombres de petits trafiquants hargneux qui me proposaient leur camelote et de types faméliques, à la recherche de leur dose. Le vent secouait les tôles des hangars, je croisais leurs regards gris et leur désolation et,

comme eux, je finissais par m'enfuir au moment
où les phares du Greyhound de San Bernardo
crevaient l'aube.

À la dernière tentative, les choses ont failli
mal tourner lorsqu'un type tatoué jusqu'aux
pommettes a sorti un cran d'arrêt:

— Tu sais ce qu'on leur fait, aux petites fure-
teuses dans ton genre?

Je ne m'y suis plus risquée.

·– 26 –·

— On arrête là pour ce soir! a lancé Kenneth Bass
dans le micro, on reprendra la scène demain.

L'imperceptible ronronnement des caméras
s'est tu, les éclairagistes ont éteint les projecteurs
principaux, une semi-pénombre a envahi le plateau et les studios Next Dream se sont progressi-
vement vidés. Écroulée dans un fauteuil, Rose
Andersen fermait les yeux pendant que la
maquilleuse achevait de lui nettoyer le visage.

Le réalisateur lui a tendu une canette glacée.

— Tu sais que le tournage doit absolument se
terminer samedi?

Rose a haussé les épaules.

— Qu'est-ce que j'y peux, Kenneth? Il fait
une chaleur à crever sur ce plateau, et puis tu n'es
jamais content de ce qu'on fait. C'est sûr que si
tu exiges dix prises pour chaque scène, on n'en
finira jamais!

— Si j'exige dix prises, c'est que les neuf pré-
cédentes ne sont pas bonnes!

— Si tu trouves que je joue comme un fer à repasser, tu n'as qu'à le dire!

Rose Andersen tripotait sa canette sans y porter les lèvres. Le réalisateur n'a pas répondu tout de suite.

— Je crois surtout qu'il faudrait que tu te concentres sur ton rôle jusqu'à la fin du tournage.

— Ça veut dire quoi, ça?

Kenneth Bass a laissé échapper un long soupir en passant sa main dans ses cheveux.

— Ça veut dire que jusqu'à la fin de cette semaine, j'aimerais que tu cesses de passer tes nuits en boîte et tes journées à dormir sur le plateau.

— Hé! C'est ma vie privée! Ça ne te regarde pas!

— Ta vie privée me regarde quand elle t'empêche de faire du bon travail. Tu devrais faire attention, Rose. Ça fait un bout de temps que je travaille dans le cinéma, et crois-moi, les succès se font et se défont parfois plus vite qu'on ne l'imagine.

Le regard vert de Rose Andersen a fusillé le réalisateur.

— Merci pour le cours de morale, mais pour ce soir, j'en ai assez entendu. Je rentre chez moi. Bill! Bill!... Merde! Où est-ce qu'il s'est encore fourré, celui-là?

— Je lui ai demandé de rentrer avec la voiture sans t'attendre, a souri Kenneth Bass. Mais ta loge est prête et je t'y ai fait servir un repas. Ici, en plein désert, il n'y a rien d'autre à faire que dormir. Tu vas profiter d'une bonne nuit de sommeil et tu verras, demain matin, tu seras en pleine forme !

Rose Andersen ouvrait de grands yeux incrédules.

— Attends ! Tu me séquestres ici ! C'est bien ça ?

— Je ne te séquestre pas, Rose, je te mets dans les meilleures conditions pour poursuivre ta carrière... Tu devrais me remercier. À demain !

— Salaud ! Salaud ! a hurlé Rose en le poursuivant dans les couloirs. Je vais te balancer un troupeau d'avocats dans les jambes, tu vas voir !

Elle est revenue quelques minutes plus tard, blanche de colère, et, pour la première fois, elle a semblé se rendre compte de ma présence.

— Non mais tu te rends compte qu'il l'a vraiment fait ! Il m'a laissée toute seule ici, ce salaud ! Le parking est vide. Il ne reste qu'une vieille merde de Pontiac toute déglinguée.

— C'est ma voiture.

— Ta voiture !

Rose a éclaté de rire.

— Mais c'est extra, ça! Tu vas me ramener à la maison! Ça lui apprendra à vivre, à ce vieil enfoiré!

J'ai secoué la tête.

— Désolée, Rose, mais il faut d'abord que je fasse le ménage des loges, du plateau... Je suis payée pour ça et j'en ai pour une bonne partie de la nuit.

— OK, te fatigue pas. J'ai compris. Tu es de son côté, hein? Parce que tu n'es que ma doublure. C'est ça?... Tu m'en veux à mort. Ça te soulage de pouvoir te défouler sur Rose Andersen. Tu crois peut-être que...

J'ai mis l'aspirateur en marche et Rose Andersen s'est enfermée dans sa loge en claquant la porte.

·~ 27 ~·

J'ai dû finir vers deux heures du matin. Peut-être un peu plus tard. Je n'avais pas revu Rose Andersen et, sous sa porte, la lumière était éteinte depuis longtemps. Ne restaient que les lueurs verdâtres des éclairages de sécurité. J'ai posé ma blouse au vestiaire, enclenché le code anti-effraction et je suis sortie.

Chacune des secondes qui ont suivi s'est imprimée en moi aussi profondément que mon enfance à Santa Arena.

Depuis cette nuit, pas une seule journée ne s'est écoulée sans que tout défile devant mes yeux. Pas une seule journée ne s'est écoulée sans que je me demande ce qui se serait passé si j'étais sortie des studios Next Dream quelques instants plus tôt. Ou quelques instants plus tard. Ou ce qui se serait passé si Rose Andersen n'avait pas dormi dans sa loge précisément cette nuit-là…

On était en janvier et, dehors, la nuit était presque fraîche, très claire. Quelque part un

coyote a aboyé et je me suis aperçue que je fredonnais un truc de Franky Enamorado :

« J'aime que t'aimes quand je t'aime,
                    Marie-Hélè-è-è-ène.
Je t'aime, même si t'aimes jamais le même,
Marie-Hélè-è-è-ène.
Je t'aime, même quand t'as des problèmes
                    Marie-Hélè-è-è-ène. »

J'ai souri. C'était une vieille rengaine de
quand j'étais toute gamine et je me suis demandé
pourquoi elle me revenait en mémoire, juste à ce
moment-là.

La Pontiac était garée à l'autre bout du parking. J'ai relevé la tête au moment où je glissais la
clé dans la portière. Un grondement de moteur
ici et à cette heure-là, c'était plutôt rare. Deux
grondements, plutôt. Deux voitures qui fonçaient
à toute allure sur la route des studios en faisant
hurler leurs mécaniques. D'abord, je n'ai vu que
celle qui roulait pleins phares. Un gros pick-up
aux pare-chocs chromés. Et puis j'ai aperçu
l'autre. Une guimbarde que le pick-up semblait
pourchasser. Tous phares éteints, elle n'avait que
quelques mètres d'avance sur la seconde et multipliait les embardées d'un bord à l'autre de la route
pour échapper à ses poursuivants. Elle passait et

repassait dans son faisceau lumineux, comme un animal affolé.

Elle a déboulé sans ralentir devant la Next Dream. Les freins ont crissé, les pneus ont dérapé en faisant gicler les gravillons et la guimbarde s'est arrêtée dans un tête-à-queue au milieu des parkings. Une longue silhouette en a jailli et l'homme s'est mis à courir vers le bâtiment en hurlant mon nom.

— Iana! Iana!

Llermo! J'ai senti mes jambes flageoler. Le pick-up a surgi en cherchant à lui couper la route, sans même ralentir. Un bruit mat de corps contre la tôle. Llermo a rebondi sur le capot comme un jouet. Mon cri s'est perdu dans le vacarme du moteur et des freins du 4 X 4 qui a stoppé une vingtaine de mètres plus loin. Blessé aux jambes, Llermo cherchait désespérément à fuir vers l'ombre en se traînant dans la poussière. Je n'ai pas eu le temps de bouger.

Un type a jailli du pick-up, une arme à la main.

— Attends! Attends! a hurlé Llermo, ma sœur est là! Elle... elle va te payer tout ce que je te dois. Attends!

Une portière a claqué et un second type s'est approché. C'était El Liebre.

— T'imagines peut-être que j'ai besoin de toi pour aller me servir !

L'éclair d'une arme a jailli dans la main de Llermo. Les deux coups de feu ont claqué presque en même temps.

J'ai hurlé de terreur. Le temps de voir l'homme qui menaçait Llermo s'écrouler comme une masse tandis que, de toutes ses forces, Llermo tentait de fuir et rampait vers la porte.

— Tu vas me payer ça ! a aboyé El Liebre.

Au moment où il visait Llermo, la porte des studios s'est brusquement ouverte et une silhouette de femme s'est profilée dans la pénombre. L'alarme s'est aussitôt mise à hurler.

— Merde ! a lancé El Liebre, on se tire !

Il a tiré au jugé.

— Fous le camp, Adriana ! Fous le camp ! a braillé Llermo en direction de la femme.

— Mais qu'est-ce qui… ?

Un nouveau coup de feu.

Rose Andersen n'a pas eu le temps de finir. Elle s'est affaissée sur le sol.

Le conducteur du pick-up a viré en faisant gémir les pneus, El Liebre a sauté en marche et la voiture a disparu dans la nuit. L'alarme hurlait toujours.

Personne n'avait fait attention à moi. J'ai

couru vers Rose. Morte. Plus loin, à demi évanoui, Llermo gémissait.

En un éclair, j'ai su ce qu'il me restait à faire.

Les vigiles allaient débouler d'un instant à
l'autre. Le temps qu'ils s'extirpent de devant leur
télé et repèrent d'où venait l'alarme, je disposais
de deux minutes... Peut-être trois...

J'ai traîné Llermo dans la loge de Rose et j'ai
foncé dehors. Restait le plus dur: ôter les vêtements de Rose et lui passer les miens avant que
les vigiles n'arrivent. J'agissais dans une sorte de
fièvre, sans réfléchir, comme si chacun de mes
gestes était dicté par un metteur en scène.
L'alarme me vrillait les oreilles et, du sang plein
les mains, je pleurais sans parvenir à lui passer
mon vieux T-shirt «University of Columbia».
Jamais je n'aurais imaginé que cette fille pût être
aussi lourde.

Lorsque le 4×4 des vigiles est arrivé sur le
parking, j'avais eu le temps de m'assurer qu'Anita
Sanchez ne portait pas ses lentilles pour dormir.
J'avais aussi eu le temps de glisser les clés de la
Pontiac dans sa poche.

— Seigneur! a gémi Allan, le chef des vigiles
en se précipitant vers moi. Mais qu'est-ce qui s'est
passé ici?... Vous n'avez rien, Miss Andersen?

Je me suis redressée, les mains poisseuses de sang.

– Non... merci. Ça va.

Et j'ai éclaté en sanglots

·‿ 28 ‿·

Rose Andersen échappe
de peu à une fusillade

Pendant quelque temps, la presse à sensation n'a parlé que de ça. Bill et les vigiles de Next Dream jouèrent les gros bras devant ma porte en assurant que «Miss Andersen» ne recevait personne.

La mort dans l'âme, Kenneth a dû se résoudre à interrompre le tournage de *Lune ivre* pendant quelques jours. Le temps pour moi de mettre Llermo à l'abri à la Blue Valley Property où personne n'a posé de questions sur son état. Le temps aussi d'apprendre mon rôle. Peut-être devrais-je dire «mes» rôles... Celui que Kenneth attendait de moi pour son film et celui, plus difficile, que chacun attendait de Rose Andersen.

L'enquête n'a abouti à rien. Le type assassiné sur le parking des studios Next Dream était un petit dealer connu sous le nom de *Gargola**. La voiture abandonnée par Llermo avait été volée la veille à proximité de la gare routière et les empreintes digitales relevées à l'intérieur ne correspondaient ni à celle de Gargola, ni à aucune autre du fichier fédéral. Les experts de la police scientifique avaient bien relevé les traces d'un autre corps : un homme sans doute blessé à la jambe gauche, mais personne ne put retrouver sa piste. À aucun moment le nom d'El Liebre n'a été prononcé.

« *Un règlement de comptes entre petits trafiquants comme on en voit partout* », a conclu le coroner.

Quant à cette malheureuse femme de ménage tuée au cours de la fusillade, qu'en dire, sinon qu'il s'agissait d'un affreux concours de circonstances.

— Elle s'est vraiment pointée au mauvais moment, a conclu le gros flic quelques jours plus tard en s'extirpant du fauteuil qui était devant moi. Quelques instants plus tôt, ou quelques instants plus tard, et elle serait encore en vie. Que voulez-vous, Miss Andersen, c'est le destin… Désolé de vous avoir importunée avec mes ques-

* La gargouille.

tions, d'autant que vous avez dû être pas mal secouée par toutes cette histoire.

— Oui, ai-je soupiré, pas mal... J'ai l'impression de ne plus être exactement la même depuis.

— Ne vous inquiétez pas, vous finirez par ne plus y penser.

— Ça m'étonnerait, inspecteur. Ça m'étonnerait...

— Oh! a-t-il fait au moment où il sortait de ma loge. Est-ce que vous... Enfin... Ce n'est sans doute pas le moment mais... mon fils adorerait avoir une photo de vous. Une photo dédicacée, bien sûr.

Une fine pellicule de sueur m'a couvert les mains. Je n'avais aucune idée de la signature de Rose Andersen...

— Tiens, a fait la maquilleuse en me tendant un paquet de cartes, Rose en avait.. Je veux dire que tu en as déjà signé un certain nombre d'avance. Tu te souviens?... Il ne reste plus que le nom à mettre...

Nos regards se sont croisés.

— John, a fait le gros flic. John Giabicani.

Mais je ne l'écoutais pas.

— Mon fils, a-t-il insisté, son nom, c'est John Giabicani.

– John Giab… Ah, oui ! Excusez-moi.

J'ai griffonné n'importe quoi et je lui ai tendu la carte signée. Il avait l'air ravi. La maquilleuse a refermé la porte dans son dos.

– Elle avait aussi un petit tatouage sur l'omoplate… Mais ça peut s'arranger, a-t-elle ajouté en souriant.

·꙾ 29 ꙾·

Bill a garé la voiture à l'entrée du village, un ramassis de masures délabrées en bordure d'un chemin poussiéreux qu'une plaque bringuebalante appelait «Avenida Principal».

— C'est pas un coin pour vous, a-t-il fait en jetant un coup d'œil mauvais aux quelques hommes qui nous observaient. Je serais plus rassuré de vous accompagner.

— Je t'assure que je ne risque rien.

— La seule fois où je n'étais pas là, on vous a tiré dessus!

— C'était un hasard, Bill. Un simple hasard...

Le ventre noué, j'ai fait quelques pas sous le regard inquisiteur d'une poignée de types qui sirotaient de la bière tiède. Santa Arena n'avait pas changé. Un peu plus déserte, sans doute, que lorsqu'on l'avait quittée avec les parents. Mais la chaleur avait le même goût de poussière que lorsque j'étais gamine. J'ai ôté mes lentilles et j'ai marché jusqu'à la petite épicerie minable dont on m'avait parlé.

La pénombre tiède puait l'huile rance et le piment. Derrière le comptoir de tôle, une vieille femme a levé la tête. Je ne l'ai pas reconnue tout de suite. Et de son côté, M'man a passé un bon bout de temps à cligner des yeux en me dévisageant, pas trop certaine de ce qu'elle voyait. Je l'ai serrée contre moi, sans un mot, surprise de ne sentir entre mes bras qu'un petit corps sec et ratatiné, presque cassant, là où je me souvenais d'une chair chaude et de rondeurs accueillantes. Les mots ne sont pas venus tout de suite. Il fallait leur laisser le temps de revenir de si loin.

— Llermo va mieux, tu sais, ai-je dit au bout d'un long moment. Il est avec des gens qui s'occupent bien de lui. Des gens gentils. Et puis je passe souvent le voir.

Elle a fait semblant de ne pas entendre.

— On ne parle pas des morts, a-t-elle murmuré. Ni du père, ni de lui.

— Mais Llermo est vivant, M'man.

— C'est à toi, cette belle voiture ? a-t-elle demandé en désignant la Chevrolet, à l'entrée du village.

J'ai hoché la tête.

– Elle ne va plus tarder maintenant, a dit
M'man.

J'ai compris qu'elle parlait de Belzunce.

La cloche de la mission a sonné et la
grande porte s'est ouverte. Quand j'étais gamine, c'était chaque fois une volée de gosses
qui s'en échappait. Ils n'étaient plus qu'une dizaine.

– Iana! a hurlé Belzunce du plus loin qu'elle
m'a aperçue.

Je n'en revenais pas qu'elle me reconnaisse. Je
n'ai pas osé lui demander son âge. Elle devait
avoir six ans. Sept, peut-être. Et sous les yeux de
M'man, on est restées à se serrer, à se regarder, à
se caresser, à pleurer et à rire. Tout à la fois. On
ne savait plus trop…

J'ai retrouvé le rocher sur lequel Grand-pa
s'asseyait, face au nord, tourné vers la frontière.
Pas loin de là, quelques grosses taches noircis-
saient le sol, je me suis persuadée que c'étaient les
restes des feux sur lesquels on faisait griller les
crotales.

Ici non plus, les choses n'avaient pas bougé. Il
n'y a que les gens qui changent.

Belzunce s'est serrée contre moi et on a
attendu que la nuit s'installe. Les chauves-souris

sont sorties et là-bas, les villes des ranjeros se sont allumées. À des kilomètres de là, la gigantesque enseigne lumineuse des studios Next Dream dominait tout le désert.

— C'est là-bas, que tu vas m'emmener? a demandé Belzunce.

— Oui, juste à côté de ce grand panneau que tu vois tout au fond.

— On part ce soir?

— Non. Mais bientôt. Il faut que je te trouve une bonne école. Et puis on va d'abord en parler à M'man.

— Elle viendra avec nous?

— Si elle veut.

— Ce serait bien.

— Oui… Ce serait bien.

Quand on est redescendues, M'man avait préparé des galettes de maïs.

Pour Belzunce, elle a tout de suite été d'accord. Elle paraissait même soulagée. Mais quand je lui ai proposé de nous suivre, elle a secoué la tête.

— Tout ce qui s'est passé, c'est parce que je n'ai pas compris que c'était ici, à Santa Arena qu'était ma vie.

La nuit s'est avancée. On parlait à mi-voix, de tout et de rien. Comme s'il fallait surtout ne rien dire d'important. Belzunce s'est endormie. Avant de repartir, j'ai posé un mot à côté d'elle. «Je ne t'oublie pas, petite sœur. Je reviendrai bientôt te chercher. Très bientôt!»

Et pour M'man, j'ai laissé sur le comptoir de tôle une enveloppe avec des dollars.

Elle m'a rattrapée, hors d'haleine, au moment où Bill démarrait.

— Tiens, a-t-elle fait en me tendant l'enveloppe. Je n'en veux pas. La dernière fois qu'un de mes enfants m'a donné une enveloppe de ce genre, ça a... ça a tout cassé. Tu comprends?... Je n'en veux pas.

Elle m'a tourné le dos et je l'ai regardée redescendre vers Santa Arena.

— Tu ne seras pas là pour la première de *La Lune ivre*! s'est exclamé Kenneth Bass en posant sa grosse main sur mon bras. Mais c'est impossible, Rose! Tu ne peux pas me faire ça!... C'est parce que je t'ai un peu bousculée pendant le tournage. C'est pour ça?... Tu m'en veux à ce point?

J'ai éclaté de rire.

— Non, Kenneth! Je suis même certaine que si tu ne m'avais pas «bousculée», comme tu dis, je ne serais pas là où je suis. Mais c'est juste que j'ai fait une promesse à une petite fille. Et une promesse, c'est sacré! Ne le prends pas mal...

— Et une première, c'est pas sacré, peut-être!

— Moins qu'une petite fille...

— J'ai du mal à te comprendre, Rose. Parfois, on dirait que tu n'es plus la même femme...

Il me souriait et, pour la première fois de ma vie, je me suis blottie dans les bras d'un homme.

— Et si tu avançais ta promesse d'un jour? a-t-il murmuré. La petite fille aurait ce qu'elle attend... et moi aussi.

Je suis allée chercher Belzunce la veille de la première et on a passé l'après-midi à lui trouver une robe.

— Alors tu as bien compris? Maintenant, tu dois m'appeler Rose. Tu n'oublieras pas?

— Rose, Rose, Rose et Rose! a-t-elle soupiré. Ça fait au moins dix fois que tu me le répètes! Je ne suis pas bête!

Bill a ouvert la portière de la voiture. Et j'ai monté les marches sous les applaudissements. D'un côté, je serrais la main de Belzunce au creux de la mienne, et, de l'autre, je m'appuyais sur le bras de Kenneth.

Le noir s'est fait dans la salle, le film a commencé et Belzunce s'est penchée vers moi.

— Un jour, tu me diras comment tu as fait pour avoir les yeux verts ?

Du même auteur à *l'école des loisirs*

Dans la collection MÉDIUM

Fils de guerre
L'homme du jardin
Miée
L'oasis